雪夜拥吻，他尝了她的泪。

也负嘉岁

咬枝绿 著

江苏凤凰文艺出版社
JIANGSU PHOENIX LITERATURE AND
ART PUBLISHING

目 录

Contents

Sweet Heart

Chapter 01

重逢

陈净野……苏城的夏季就要到了，你怎么**不见**了呢？

祁嘉穗跟陈净野的第一次见面，细算起来是在陈家后院的小楼里，那是陈家小辈们的游戏房。

祁嘉穗当时抱着几本书正要上楼。她在一块写着"熏风南来"的古意小匾下，差一点儿撞到陈净野的怀里。

高考结束，班主任想起把三年里没收的一堆杂物还给大家，其中有陈舒月的几本漫画，作为班长的祁嘉穗帮好朋友领了回来。今天她来陈家参加好友的升学宴，顺便带了过来。

那几本少女漫画，经她跟陈净野这一撞，纷纷脱手，摊在地上，随书赠送的书签和卡片七零八落。

陈净野单膝微屈，蹲在那儿把自己的手机捡起来，掸了掸不存在的灰。

本来手机盖住了漫画书的名字，他一把将手机拿走，那几个字就被瞧得清清楚楚。

"狼性……"

他慢条斯理地念出书名的前两个字，贴心地弯起唇，缄默无声，然后拍了拍书上的灰，将书递给她。

"你们小女生现在真有意思，小猫小狗已经不能满足你们了？喜欢狼？这么野的？"

那一刻，她脸红心跳。他如风过境，从她的身边擦肩而过，木楼的阶阶楼梯被他蹬出沉闷的声响。他的脚步声渐渐变小，直到消失。

祁嘉穗忙到二楼的阳台上倚着，朝下看去。

仲夏浓荫。他穿着灰蓝色的圆领半袖，白色运动裤是一种特殊的荧光材质，潮得不行，一顶带暗红商标的白色鸭舌帽压住他的眉眼。他的鬓角短而干净，下颌线流畅。

他还没走出她的视线就蓦然回了头，不知道是不是在看她。他轻轻地勾了一下唇，灼阳与阴翳交汇，衬出他一身的肆意与不羁。

她能想到二十出头的男生最好的样子，无出其右了。

空气里闷热干燥的感觉仿佛在此刻被减弱，却又悄悄地积攒，从祁嘉穗的心口处集中冒出来。

祁嘉穗用手背碰了碰脸，有点儿烫。

陈舒月过来的时候，她的哥哥陈净野已经走了。看着祁嘉穗的这个动作，陈舒月挽着她的手臂朝屋里走："你热呀？快进来吹吹空调。"

"你哥怎么走了？"

今天可是他亲妹妹的升学宴，作为哥哥不用在场吗？

陈舒月哼了一声，说陈净野去医院陪他的"嗲精"女朋友了。

"我还以为是出了车祸缺胳膊断腿了呢，结果照片发来一看，他女朋友只是在医院输液扎了一针，还发了七八条语音'轰炸'，说她的手好痛。啧，嗲得不行。"

"你哥喜欢'嗲精'类型的吗？"

陈舒月不对陈净野的择偶标准做任何评论，直接嫌弃他本人："谁知道他喜欢什么类型的？"

命运的伏笔或许就是在祁嘉穗从浏览器上搜索"女生怎样算嗲"的时候开始的。

今天不是她第一次见陈净野，只是他们以前从没正式说过话。其实早在高二的秋季运动会上，祁嘉穗就远远地见过这个人，他和他那个叫陆奇的朋友来市一中看陈舒月跑八百米。他们完全符合"帅哥的朋友也是帅哥"这条准则，刚到看台就引起了不小的轰动。

那时的看台上，市一中的几个穿着短裙的学姐大胆地上去跟陈净野搭讪。他淡淡地回话，并不热切，但也没冷落人。

看台上的女孩子们转身都要跟朋友激动地说一句："感觉他好有教养，声音也好好听。他读 A 大呢，离咱们学校也不是很远。"

还有去年万圣节，当晚在其他校区附近有一场很热闹的节日活动。难得是周六，天赐良机，高三生顶着高压也要偷溜出去玩。林灿打扮成"黑化"的小红帽，祁嘉穗和陈舒月的角色则是"病娇版"的白雪公主。

那天晚上的陈净野穿着一件沾血的白大褂，脸上的深红色伤痕妆逼真又冷峻，一出场就是人群的焦点，引得无数女生好奇——这个吸血鬼唇边的血迹是什么味道的果酱？

　　祁嘉穗就是其中之一。她本来也想凑过去看陈净野的，但青春期的陈舒月对自己的亲哥哥可能有看不顺眼的"滤镜"，又或者她打小对陈净野看腻了，只是扫了一眼就直接拽着祁嘉穗的胳膊往另一边走。

　　"喊，长得帅了不起呀？走，走，走。嘉穗，咱们去那边看。"

　　这难为了有兴趣的祁嘉穗，她恋恋不舍地收了目光。为了友谊，她牺牲了太多。

　　在高三强压的情况下，祁嘉穗和好朋友们仍偷偷看小说、看漫画。少女时期的"少女心"要多"粉红"有多"粉红"，自认为各种恋爱套路，不能说是信手拈来，也可以说是了如指掌。但她跟陈净野，或许真的没缘分吧。

　　大一刚开学，祁嘉穗就旁敲侧击，跟陈舒月打听了她哥的校园日常，有事没事就去 A 大玩。祁嘉穗绕着据说陈净野出勤率很高的篮球场走，捧着果汁，自以为自然地一圈一圈地溜达着寻人，却一次都没有遇见过陈净野。后来祁嘉穗才知道，那会儿他读大四，已经不怎么在学校里活动了。

　　祁嘉穗没遇到陈净野，但有关他的消息倒是听了不少——超级帅、超级聪明，品位一流，技能满格，关键是心头有颗"朱砂痣"。

　　陈净野第一次谈恋爱，谈了很久，却无疾而终。女生们都不知道陈净野跟那位叫姜羽的学姐是怎么分手、为什么分手的，只知道分手后的陈净野妥妥地贴合一个因为受了情伤而游戏人间的男主角"人设"。

祁嘉穗听了都心动，跟着隔壁桌的小姐姐一起点头。

是啊，花心是假，痴情是真呢！

陈净野现在就缺一个点燃他爱情之火的女主角了！祁嘉穗跃跃欲试，只想着抄起火把就往陈净野的世界里冲，然后撞到了铜墙铁壁……

自然偶遇不行，她还有 B 方案。

大一的寒假来临，好朋友们从各地的大学放假回到苏城，大家自然要碰面聚餐。借着这个机会，祁嘉穗去陈家拜访了三次。

第一次是在年前，那会儿刚放寒假，陈净野不在家。

第二次是快到年关，陈净野倒是在家了，却整整睡了一个下午。

陈舒月唉声叹气地躺在床上，刷着手机抱怨："现在没有好看的小说看了，三十几岁的男主角，叱咤风云却是个清白之身，这哪里是'甜宠'的年龄差？这分明是单向的救赎，女主角的出现直接解放了劳动力。"

那种你喜欢的人就睡在对面的房间里，而你却要假装跟他的妹妹热聊言情小说未来的发展何去何从的感觉，让祁嘉穗觉得自己离精神分裂不远了。

"什么？解放劳动力？解放劳动力好哇！年代文就是要体现时代在发展、科技在进步的感觉。"

陈舒月扶额，怀疑好友没睡醒："什么年代文哪？我说的是年龄差！"

"嘉穗，我最近好喜欢有年龄差的小说，尤其是那种喜欢上哥哥或者大叔的小说，嘿嘿。"

祁嘉穗问："那你喜欢……爱上闺密的哥哥的那种吗？"

陈舒月认真地想了想，本就带着愁容的眉头更添了几分苦恼。

"其实吧，我倒不歧视这种题材，就是我代入不进去呀。我觉得我哥配不上我身边的任何一个好姐妹，他不就是长得帅又头脑灵光吗？我可不能把你们往火坑里推。"

祁嘉穗勉强扯动嘴角，她多少该感动地笑一笑。

"能当你的姐妹真好……"

保姆敲门进来送果汁的时候，祁嘉穗看着对面紧闭的房门，忍不住开口跟陈舒月打听，语气拿捏得要多自然有多自然。

"嗯……你哥哥是不是在家呀？怎么看不到他呢？"

陈舒月咬着吸管"咕嘟咕嘟"喝着柳橙汁，她摆了摆手，很随意地说："应该在他房间里睡觉吧。可能是昨晚通宵打游戏去了？"

祁嘉穗不敢把企图心表现得太明显，那不是女主角所为。她点了点头，只是淡淡地接话说："他还是跟之前的那个输液的'嗲精'女朋友在一起吗？"

陈舒月想了想，记不太清："好像不是了吧？分手了。"

"那你哥就这样一直睡吗？要不要喊他起来吃点儿东西？这么睡对身体不好吧？"祁嘉穗小声提议。

陈舒月听后双眼一亮，好像冒出一簇光，说出一句与亲哥哥相爱相杀又断绝好姐妹后路的话："对身体不好吗？那咱们不喊他。嘻嘻，就让他睡死算了！"

祁嘉穗当时的内心想法：言情小说里可不是这样写的！男主角的妹妹应该找机会想办法让女主角祁嘉穗去敲男主角陈净野的门！男主角醒来时最好迷迷糊糊地从床上坐起来，很"霸总"、很冷漠地质问："你是谁？怎么会在我的房间里？"

她——女主角——祁嘉穗含羞带怯地小声说："是你妹妹让我来喊你吃饭的，你这样一直睡觉对身体不好吧？"

男主角狷狂邪魅地眯起眼："你这是在关心我吗，女人？"

这时候不管是毯子滑下去也好，还是自己踩自己的鞋带也好，命运总会想尽办法地让她倒进陈净野的怀里。进度快的话，第一个吻也可以安排在这里了。

然后她就心动了！一发不可收拾地心动！

可现实是，命运不仅没有为她想尽办法，还为她的计划来了一个全方位的打击！

陈舒月怎么回事啊？看了那么多言情小说，她怎么不按照套路来呀？

祁嘉穗磨磨蹭蹭地期待着陈净野自己饿醒，或者做个噩梦醒来也好。但是他没有，陈净野睡得很香。祁嘉穗都开始怀疑他不是通宵玩游戏，而是吃了安眠药，怎么这么能睡？

冬天的傍晚极短暂，渐渐暮色四合，连陈净野的妈妈都从公司下班回来了，陈净野都没有饿醒或者做噩梦醒来。

祁嘉穗偃旗息鼓，准备回家。她在楼下跟陈妈妈礼貌地道别，对方热情地留她吃饭。

家教良好的祁嘉穗自然是微笑拒绝，乖巧地摆了摆手，说着客套话："不用了，不用了。阿姨，我爸妈还在家里等我吃饭呢，我得回去了。"

"好吧，那下次来家里吃饭。"陈妈妈也不强留，话说得周到，又叫陈家的司机送她回去。

祁嘉穗正要跨出门，听到陈妈妈提到陈净野，语气中带着气愤。陈妈妈吩咐保姆："一个大男生睡懒觉到这个时候像什么样子？为了搞个无人机天天昼夜颠倒，到底在忙什么？身体不要了？把他喊下来！喊不醒就直接拖下来！叫他吃饭！"

祁嘉穗脚步一顿，心想——能不能回头说家里的爸爸妈妈突然说不等她回家吃饭了？要不……不等下次再来陈家吃饭了，就这次吧。

她正在酝酿，陈家的司机叔叔热情又贴心地拉开车门，用一句话打消了她心里刚刚生出的微弱的苗头："小姑娘，咱们快走吧。等会长安路那儿估计就要堵车了，你该赶不上家里吃饭了。"

祁嘉穗死心了，一边上车，一边恋恋不舍地回头，朝陈家别墅里看。她好想知道待会儿陈净野下楼是什么样子。她已经很久没有见过他了，心里无端生出一股悲伤，坐上归家的车，晚风轻轻地吹着少女柔软的发丝，她看着最后一丝温暖的橘色霞光跌进黑暗里，自我安慰着——这或许就是男主角与女主角之间的一波三折吧。

祁嘉穗没有就此放弃，第三次去陈家玩是在"五一"长假。

祁嘉穗的大学读了大半年，从高三"渡劫"过来的少女焚膏继晷地精进着化妆技术，迅速地提升搭配上的审美，柔软的长发打理出微微的卷度，以更明艳的风情出门昭告，自己已经是一个不用受他人管束的成年人。

她多想见那个人，可上天又告诉她一个道理——人与人之间，没缘分就是没缘分。

陈舒月对着镜子涂好唇釉，熟练地将嘴唇边缘晕成浅色，看了一眼因跳进新消息而亮屏的手机，然后扭头看向沙发边。

"嘉穗，灿灿说咱们唱完 KTV 继续去酒吧玩。新开的那家酒吧叫 BECKONING，你去过吗？好玩吗？"

几个朋友里只有祁嘉穗留在苏城本地读大学，这酒吧是开春后刚在网上炒作火起来的，她的确跟学校社团里的朋友去玩过。

"还挺好玩的，不过……你哥不是不许你去这种地方吗？"

陈舒月经常跟祁嘉穗抱怨，陈净野自己"浪"得没边儿，倒是把亲妹妹管得很严。

祁嘉穗表面纳闷儿，内心已经开始构思后续的发展——非常好，待会儿陈净野闻讯来找妹妹，结果和他命中注定的爱情撞个正着，他们在酒吧里见面也好啊。

祁嘉穗飘飘然的心情像氢气球一样充盈着飞起来，飞到一半就被陈舒月无情地扎破。

"嘻嘻，我哥哥上个月就出国啦！以后再也没有人管我啦！真是个好消息，对吧？以后咱们就可以随便约着晚上出门玩了，嘉穗，你开心吗？"

祁嘉穗硬是把下垂的嘴角使劲儿往上提，笑得僵硬至极。

"开心……"

陈舒月欢天喜地拉祁嘉穗去房间找今晚出门穿的裙子，陈舒月一边搭配衣服，一边打视频电话约其他朋友。

林灿在视频里托着下巴苦恼："呜呜呜，舒月，我可太羡慕你了。现在你哥去了 M 国留学，估计大半年都不会回来了吧？你彻底自由了，想干什么都可以了，不像我，家里还有人管着……"

陈净野去 M 国留学了，大半年都不会回来了，甚至更久……

祁嘉穗想着，心情一点点低落到了谷底，不仅仅是因为今天没有见到他，还因为她忽然意识到——缘分天定，不能强求。

那晚她们先去唱歌，唱《浪费》唱到嗓子哑了。事后一帮小姐妹去了 BECKONING 开了卡座，疯玩到半夜，只有祁嘉穗一个人喝醉了。她喝得云里雾里，头昏脑涨，在身体无比酸疼的那会儿，脑海里浮现出在夏日浓荫里蓦然回首的那张脸。

"陈净野……"

苏城的夏季就要到了，你怎么不见了呢？

后来，大学的生活节奏快了起来，祁嘉穗慢慢地忘了自己昏头的那阵子干过这么一件暗恋好友哥哥的荒唐事，还没有开始的故事就已经在无人知晓处落幕。那些细微的心动、不能自控的爱慕，以及关于对陈净野这个人的种种幻想，好像也都随夜风散去。就像酒醒了，即使有些宿醉的后遗症，但那些真真假假、虚虚实实，她也都分得清。

家里人一早给她的未来做了安排，打算让她出国留学镀一层金。以后相亲都体面——祁嘉穗的妈妈总这样说。但祁嘉穗没想到出国来得那么快。

刚上大二不久，祁嘉穗就以交换生的身份去了 M 国。她按部就班，踏上 M 国的国土。家里在学区附近给她租了公寓，S 州地广人稀，那几所有名的大学在地理位置上也很分散。她现在住的这个公寓挺好的，附近的邻居很多都是同校的学生，交友方便，能让她尽快地融入环境。

祁嘉穗的预想不假。她住进公寓之后，因为楼上邻居家办派对太吵，她认识了来 M 国后的第一个华人朋友——周馨。

这姑娘挺讲道理的，收到物业反馈的投诉后，提着小礼物来楼下跟祁嘉穗道歉，笑眯眯地说打扰到祁嘉穗了。

一罐红茶，光看盒子讲究的包装就知道不便宜。她递给祁嘉穗，祁嘉穗回送了一盒自己做的干花杯蜡给她。

"助眠的。"

周馨摸了摸自己的下眼皮，笑着说："啊？我的黑眼圈这么明显吗？不喝酒睡不着，喝多了睡不好，死循环呗。"

后来周馨觉得杯蜡的味道好闻，在楼下遇见祁嘉穗时问她要购买的链接。祁嘉穗说是自己做的，素材还是她托人从苏城买了寄过来的，她在这边没什么朋友，偶尔喜欢做手工打发时间。

回家后，祁嘉穗又翻出一盒杯蜡送到楼上。一来二去，两个人就熟了。

祁嘉穗上学、放学，在楼下见过不少次周馨被人送回来，车里的人一般不下车，周馨弯腰在车窗处和车里的人吻别。

周馨是风情明艳那一类的美女，晒日光浴，化欧美妆，衣着性感，依国内的审美看可能有点儿超前，但祁嘉穗挺喜欢的。

两个人也惺惺相惜，很快成了朋友。

国外的开放，祁嘉穗刚入住公寓不久就已经体会过了，所以并不在周馨的感情生活上过分惊讶。

之前她隔壁住了一个白人小哥，金发碧眼，长得还挺好看的，有一阵经常带女伴回家。谁知某次晚上她去阳台收东西，那位白人小哥又跟另一个美女搂在一块儿。

祁嘉穗当场就傻了，心想——算是亲眼见识了。

她跟周馨说这件事的时候，她们在社区的咖啡店里，擦杯子的男服务生对周馨频频暗送秋波。周馨娇笑着，时不时以眼神回应着男服务生，不断地营造着暧昧气氛，慢慢地喝手里端着的馥芮白。

"你就是圈子太小，除了上课就是宅在家里看电影、做手工。你去外面多看看就知道了，很多的。"

祁嘉穗瞪大眼，惊到舌头打结："啊？你也……"

周馨被她逗得不轻，满身的风情让她笑起来都是花枝招展的："哈哈哈，Saya，你真的太可爱了。"

祁嘉穗瞬间脸红如番茄，她真是见识短了。她之前在国内言情小说看了不少，知情通爱，女生朋友出现情感问题都爱找她分析。祁嘉穗理论知识丰富，被送"恋爱界王语嫣"的称号。

"恋爱界王语嫣"虽无实战经验，却掌握着大量恋爱秘诀。

可是她来 M 国不到两个月就发现所谓的恋爱秘诀大约是有国界壁垒的，在欲拒还迎的推拉关系里，容不下她这些小儿科。

她说她不是"宅"，其实她挺活泼的，只是跟 M 国的同学玩不到一起去。有同学约她周末去打沙滩排球，去晒日光浴。每天都涂防晒霜，想尽各种办法抵御 S 州强烈的紫外线的祁嘉穗就知道了，她跟她们不是一路人。

周馨听到沙滩排球又笑了好久，笑到祁嘉穗以为自己是个笑话。

她说："Saya，你真的太可爱了。"

周馨说要给她介绍一些华人朋友。

"就在周末，一个苏城阔少的生日派对，这人的人缘特别好，也特别欢迎新朋友。"

祁嘉穗紧张到不知道要穿什么，想让周馨提一些建议，周馨眨了眨眼睛，浓密的睫毛像小扇子似的"唰唰"扫了两下，跟祁嘉穗开玩笑说："随便呀，没有着装要求，我们都很 open（开放）的呀。"

那天晚上，祁嘉穗穿了一身裙摆不规则的浅绿色的吊带伞裙。裙子来自一个小众的设计师品牌，裙摆在小腿，衣岔在大腿中部。外搭一件白色的休闲西装。这是她动过脑筋的着装，说暴露不暴露，说保守也不算保守。

结果她到场一看，大家一水儿的露脐、露肩的辣妹装。这给她上了一课。

祁嘉穗从拼接镜面里打量着自己这身绿裙子，好看得有点儿复杂。博览群书的她立马想到了一个无比恰当的比喻，她站在那儿，就好像一棵保守的圣诞树。

她找了个机会把白西装脱掉，找不到地方存放就搭在臂弯里，她仍然因为风格不同的清新打扮，在一群外国姑娘和打扮像外国姑娘的中国女生里鹤立鸡群，或者说"鸡立鹤群"也行，总归有点儿不一样。她暗暗想着，下次她也要穿成她们这样，甚至想到自己的衣橱里有类似款式的衣服。

她的脑子里天马行空，行动上的拘束却过于明显。她自然地待在边缘地带的舒适区，周馨过来搭着她的肩，拍了拍她，说："放松点儿，带你去认识寿星。"

周馨亲昵地揽着祁嘉穗，朝吧台最热闹的位置走去，一帮前凸后翘的美女围着一个亚洲面孔的男生。男生是二十出头的年纪，社交的样子老道，一群女人和他搭话，他都能做到雨露均沾，连抿口酒，都贴心地碰过递上来的一圈酒杯。姑娘们开心死了。

来 M 国之后，祁嘉穗好久没见到这么多中国人了，一时间就像进了一家心仪的玩具店，每个"玩具"她都要细看。

周馨调侃发愣的她："怎么？老乡见老乡，两眼泪汪汪了？"

祁嘉穗还没有机会回答，就已经被周馨推到了社交中心。

据调查，S 州的华人占比在 M 国各州中排名第一，留学生的圈子说大也不大。这些人因为地缘亲近，长期搭伴，彼此都熟，新面孔很容易被察觉，立马有人问祁嘉穗是谁。

"住我楼下的朋友，是美女哟。她读藤校，跟你男朋友一个学校，Saya 超可爱的。"

周馨一一给祁嘉穗介绍："这是蒋璇，Fifei，家里是种椰子林的，去年我们去她家的酒店度假可有意思了；这是何曼舒，Elvira，她是少数民族……寿星——宋杭，他也是苏城人，他家好像跟你家是一个区的，你们会不会之前见过呀？"

宋杭朝祁嘉穗举杯，弯着唇说："没见过，如果见过这么漂亮的小姐姐，一定过目不忘。很高兴认识你。宋杭，喊我 Harvey 也行。"

"祁嘉穗，Saya。"

宋杭眼睛含笑，露出一点儿惊讶和兴味："刚来 L 市吗？"

祁嘉穗自然知道自己和在场其他人的不同，生手有生手的气质，演不了。她坦荡荡地微笑着问："跟你们有那么格格不入吗？"

"没有，挺美好的。"

祁嘉穗失笑："你平时都这么夸女孩子吗？"

宋杭摆了摆手："我说这是第一次，你信不信？"

"我……"祁嘉穗正要回答，只听有人扬声问："陈净野呢？不会不过来吧？"

那短短的三个字瞬间穿过喧闹的声音，仿佛从旧时光里渗透进祁嘉穗的心间。陈净野吗？她下意识地蹙眉，又舒展，展开一抹柔柔的愁思，像老旧的故事被人无意地翻开。

宋杭贴心地扶她的肩，用温和体贴的语调问她："没事吧？是不是里面有点儿闷？"

"嗯。"祁嘉穗漫不经心地应了一声。

"喝点儿东西，提提神。"

祁嘉穗接过杯子，青绿色的酒液上浮着一片碎碎的流光，异国情歌慢慢地流淌。她抿了一口，皱起鼻子，咧嘴露出一排雪白的贝齿："咝——好辣。"

宋杭看着她的小表情，笑出声来。

"这酒可不是用辣来形容的，你细品，往下喝。"

祁嘉穗抿了抿唇，眯着眼惊喜地说道："有点儿柠檬味，还甜甜的。"

"好喝吧？我刚刚调的。"

祁嘉穗抿去唇瓣上的酒味："你拿我当小白鼠吗？"

"怎么能这么说？这叫特调，还没有起名呢，要不就叫它Saya 吧？"

过分亲昵的靠近让祁嘉穗立马提起了警备心，她后退一步，与宋杭拉开距离。

这样不知不觉用三两句就能和女孩子聊熟的男人，经验该有多足？书里又不是没写过"渣男"，祁嘉穗表面淡然地微笑，内心暗自得意。她有识别能力，套路对她是行不通的。

后来，祁嘉穗为了一段感情在刀山火海里走一遭，她再看过去的自己，才笑自己的天真。

通晓武林事，贯知天下功。一头栽进感情里的人都要折掉半条命，管你是不是"恋爱界王语嫣"。

喝完那杯青柠味的烈酒，她以去洗手间为借口，终止了和宋杭的谈话。出来的时候，场上好像就已经换了主角。

他手里玩着一个方杯，浮冰在酒精里晃，听旁边的朋友说话，随即嘴角微微勾起，以轻松的状态作答，有一道昏黄的射灯灯光打在他的身上。就这样，他鲜活地、具象地出现在祁嘉穗惊讶的视线里。

还是宋杭站到她身边，替她说了自我介绍："这是 Saya，祁嘉穗，周馨带来的朋友，也是苏城人，你说巧不巧！"

陈净野晃着手里剩下的半杯酒，微微眯着眼朝祁嘉穗看来，他问："Saya？看起来有点儿眼熟，咱们是不是在哪儿见过？"

这话一出，周遭都是打趣声："不是，陈少爷，这么老土的搭讪你还用啊？'这个妹妹我见过的'，二十一世纪了，宝哥哥要是这么说，都约不到林妹妹了。"

陈净野冷淡又随意的眼神，无端地叫祁嘉穗眼里升起一抹久违的湿润，那是一种暗暗润湿眼圈的委屈。

好像……她早就该这样站在他的视线里了，为什么这么迟呢？迟得差一点儿她就要把他彻底忘干净了。

Chapter 02

沉溺

沉溺

／

其中。

那一年的祁嘉穗，昏了头似的

他不费吹灰之力，就能让人如蒙恩赐。

／

祁嘉穗不知道旋转灯球下自己的眼神有多专注，周围的人这样多、这样吵，而她只望着陈净野，故意做出回忆的样子，慢慢地拖着声音说："是吗？我不记得呀，你见过我吗？"

他不确定，似乎也根本没打算去回想。他说话恣意，没有拘束："好像见过，没见过就算了，今日幸会也挺好。"

祁嘉穗攥了攥手指，随即伸出手。那就当今日幸会吧。

"你好，我叫祁嘉穗，示耳祁，嘉宾的嘉，麦穗的穗。"

在今天这样的社交场合里，男女之间握手有点儿莫名其妙。陈净野愣了一下，放下那半杯酒，回握住那只伸来的小手——柔软、冰凉，像探入温水，又仿佛掌心里滑进了一条小鱼。

"陈净野。"他再无其他说明，惜字如金。

这种场合初次见面，大家点到为止地了解一下就可以了，她却在心里替他补着话，那三个字，明明是他的名字，却是她深刻牢记的部分——耳东陈，干净的净，原野的野。

祁嘉穗没有立刻松开手，又问他："英文名呢？"

陈净野望了一眼彼此相握的手，目光上移到祁嘉穗的脸上。据说 L 市最多的亚洲留学生是 K 国人——这个"据说"可能有误，但 K 系风格的亚洲女留学生是最多的，可能没说错。眼前这张脸，并非 K 系风格。

杏眼弯眉藏黛色，胜雪肌肤，浓淡相宜。小圆脸却没有一点儿婴儿肥，多看两眼的目光会情不自禁地往她的唇上落，因为她的下颌真的生得好看，一股子娇养感，是那种一看就不会吃苦遭罪的小姑娘。

要是陈净野的奶奶在这儿，肯定要说一句："这小姑娘有福相。"

陈净野打量够了，回她两个字："没有。"

他没起英文名，他这姓氏可以直接当名喊。

祁嘉穗松开手，她明明一早知道陈净野也读南 S 州大学，这时偏问他读哪所学校，然后恍然大悟般眨了眨眼睛跟他说一句——真巧呀。

她还是和他有缘分的吧？祁嘉穗固执地这么想着。不知道喝到第几杯特调的时候，祁嘉穗不由得笑了。

周馨走过来，打量她，问："你笑什么呀？捡到钱了？"

"很久以前买了一张刮刮乐，好像中奖了……"

"什么奖？"

祁嘉穗摇了摇头，还在笑："不知道，可能也会赔钱吧。"

周馨又被她逗笑了，拿根签子在果盘里戳圣女果，笑着问："刮刮乐顶多不中奖呗，还有倒赔钱的呀？傻妞儿，你不是喝多了吧？"

周馨像煞有介事地四处看："我看看，哪个没心肝的灌你酒了？"

祁嘉穗红着小脸，摇了摇头，目光却格外认真。她沉浸在自己的世界里，跟周馨说："你知道吗，赌徒下重注的时候，也明白贪心就是风险，但是……总觉得，赌一把吧，赌一把吧，万一赢了呢？"

她太想赌一把了。散场的时候，祁嘉穗笑得特别开心，这一晚她满场玩闹，热情又开放的样子让所有人都喜欢这个新加入的玩伴。

周馨的男朋友在场，开着一辆嚣张的悍马送她们回家。那是一辆改装车，四轮很高，祁嘉穗光上车都费了很大力气，像爬山似的。

她趴在车窗边沿，乖乖地枕着自己的手，随着夜风吹面，她的脸颊红红的，笑得很甜："再见呀……"

她的笑容感染力十足，大家都跟她挥手告别，车子开动，有人嘱咐着"路上小心"。

宋杭转头看向站在路边的陈净野，脸上带着笑，朝祁嘉穗的方向抬了抬下巴，炫耀似的说："那姑娘好不好？"

陈净野淡淡地看去，微微耸肩，说道："没试过。"

小圈子里总有些潜台词像加密的"黑话"，宋杭笑意更深，推他说："不是吧，讲不讲规矩？"

当晚祁嘉穗回到公寓，做了一个梦。她梦到苏城的夏天，在陈家的后院小楼，森绿浓荫里的那个人，蓦然回首。她心头的小鹿乱撞。

他同她说:"我记得你,祁嘉穗。"

被誉为 "City of Angels"(天使之城)的 L 市是 M 国西部一个很特殊的城市,西海岸的暖风长驱直入,紫外线也强烈,不像 B 城那些欧式风格的城市,学院派气息很浓,建筑群拥挤而簇立,校际交流紧密,城市高知感充盈。L 市的大学少而精,精而散,几乎没有集中学区可言。

在藤校读大学,完全不可能像国内那样,做到上课前十来分钟去赶趟儿。也不仅仅是校区分散,L 市城郊分明,除了市中心保持着昼夜不分的繁华,作为 M 国第二大城市,L 市特有的地广人稀赋予留学生另一种生活形态。

M 国电影里才能看到的公路文化,在这里随处可见。哪怕穿梭在广场与广场之间都需要长途开车,途经平原山丘,荒无人烟和纸醉金迷之间只差跑车轰鸣的一脚油门。这里海岸线曲折,在咸躁的风里,像是一直开下去就能到达天荒地老。

但如果车半途抛锚了……

祁嘉穗坐在公路旁嶙峋的石头上,调动身体里所有的文艺细胞,发誓要为这半途截断的天荒地老找一个形容词。

"修好了没有?不行就摆在路边找人来拖吧,咱们挤一辆车走吧。"

蒋璇没脑子的发言立马引来其他人的无情地嘲笑:"蒋璇,按理说你不是学完九年义务教育才来的 S 州吗?不应该数数都不会啊?九个人一辆车,把四个人放在车顶吗?"

宋杭笑着接话，特别正经地说："不行啊，放车顶被巡路的警察看到咱们就完了。上个月某个议员还公开演讲了，抵制人口走私，哈哈哈哈……"

祁嘉穗也跟着笑。

太阳直射眼皮，她至今不适应 S 州的紫外线强度。她蹙眉露出难受的表情，眨了眨干涩的眼，伸出手在眉上挡着光，企图让自己舒服一些。

忽然她的手被人拉开，她看见陈净野的脸越靠越近。他随他母亲，是亚洲人里少见的"冷白皮"，怎么晒都晒不黑的那种皮肤。

留学生里，除了祁嘉穗这种抵死不肯入乡随俗，坚持全副武装防晒的人，其他人的皮肤基本都是统一的、健康的小麦色，个别人还会爱上"美黑"，例如蒋璇。而他，皮肤白得在地中海气候里有种冰雕玉琢般的清凉感。

祁嘉穗愣愣地看着他凑到自己眼前。他粗鲁地把自己的墨镜往她的耳朵上一架，然后勾下墨镜。他的脸上黏了汗，她清晰地感觉到墨镜从自己鼻梁上滑下来。

陈净野直视她的眼睛："每年这个时候就是 L 市眼科医生赚钱捞金的季节，如果不想瞎，出门就记得戴墨镜。"

她心跳加速，指甲在石头上划断了一截。西海岸的日暮将至，棕榈树的影子无限延长，那一刻，祁嘉穗想——半途截断也算天荒地老吧？算吧？

陈净野把墨镜给她后，加入修车小队，但是那辆越野车也没按言情小说的套路走，倔强地修不好，另一个男生抹一把汗，粗暴地踢轮胎，用英语爆了个脏词。

自驾去音乐节的计划彻底泡汤，众人一商量，只好中途改计划，先去附近的一家度假村落脚。

订房的事是宋杭去处理的，这人对吃喝玩乐一向是顶精通的。陈净野也不遑多让，只是更讲究些。

一群人进了别墅，累瘫在客厅沙发上，横七竖八地躺着。祁嘉穗也想躺，但没处下脚。

"要先分房吗？"

进门就在翻冰箱的宋杭，立马拿了一把钥匙给祁嘉穗。那真是一个绝妙的房间，宋杭在隔壁，陈净野在对面。

安顿好了，其他人去沙滩上烧烤，别墅管家刚刚送来不少新鲜食材。陈净野没去，他洗完澡，换了身衣服，一边下楼一边接了通电话，之后就抱着银色的笔记本电脑在客厅沙发上敲。

一个人能对另一个人偏爱到什么程度？祁嘉穗觉得陈净野敲键盘的声音都像弹钢琴一样悦耳。

祁嘉穗把墨镜用含酒精的湿纸巾消毒清洗，她记住这个字母 D 开头的奢侈品牌，在官网上下单了同款的墨镜，然后她拿着墨镜下楼，放在陈净野敲键盘的小桌旁边。

"谢谢你今天借我墨镜。"

陈净野淡淡地应了一声，电脑的蓝光映在他的脸上，让他深邃的五官镀上冷调的阴影，更添英气。

祁嘉穗忍不住跟他搭话："你……很忙吗？"

"组课调动，重新分了任务，论述部分今晚要交。"平淡的语气。

祁嘉穗真庆幸自己现在跟他是一个学校，她多少了解一些藤校的自习课程什么样子，这时她接得上话。

"国外的教学模式好奇怪，我到现在还没适应。教授们总有奇怪的主意，好'龟毛'。"她用软软的调子说。

陈净野忽然薄唇含笑，笑容极浅极淡，他看着她的眼神带着某种不可抵抗的贯穿力，清明至极。

"你确定要跟我聊学习吗？"

他说完，修长的手指还在键盘上敲了几下，不分心地调整一个复杂句式里的语序，接着再看向呆愣的祁嘉穗。

目光朝外挑，是一种无声的暗示。

这里就他们两个，陈净野不是傻子，好几次聚会开派对这姑娘的眼神就一直跟在他身上，他一旦探寻过去，对方就换成一副矜持淑女的模样。故作正经的样子，实在勾人。

"那……聊点儿别的，"祁嘉穗走到长桌前，有人榨好了果汁，她倒了两杯，朝陈净野走去，放下一杯推向他问，"你需要喝果汁吗？嗯……我是想问，你现在有女朋友吗？"

陈净野笑了，休闲的宽松衬衫敞着两粒扣，只需要将背往后一靠，就显得这人很浪荡，不大正经。他端起那杯果汁，呷了一口，眼睛却一直看着祁嘉穗，让她心慌。

"你的朋友没有告诉你吗？"

他说的朋友是周馨。

祁嘉穗的手指在玻璃杯上磨蹭，她紧张地回答："她说过你……说你，不好追，她暗示过你，但那次你没有接茬儿。"

她的紧张和生涩明晃晃地摆出来，但陈净野不关注，只跟随她话里的意思，顺其自然地一蹙眉，作思考状，问："暗示过我吗？我不记得了。"

话是周馨之前亲口跟祁嘉穗说的，不可能有假。周馨还大大方方地告诉她，在这个圈子里追男生其实挺简单的，没什么费神的技巧——姜太公钓鱼，愿者上钩。

这是默认的规则，要是对方不肯上钩，就赶紧省点儿力气别钓了，去看看别的鱼吧。免得薄薄一层窗户纸被捅破，以后在一个圈子里待着，抬头不见低头见，当酒肉朋友都尴尬。

祁嘉穗当时听了感到无比惊讶，居然还有人不肯拜倒在周馨的石榴裙下吗？在她看来，周馨自信、风情洋溢、魅力无限。

听见祁嘉穗这样问，周馨也挑了挑眉，兴意颇浓地回答："有啊，陈净野。之前有一次我问他，我明天晚上方便去你家吗？你猜他怎么说？他说他家的狗失恋，他不方便带 girl（女孩子）回家，这个人有意思吧？"

祁嘉穗对陈净野说："暗示过的，她说，我明天晚上方便去你家吗——"

她之后的话被陈净野突然起身的动作打断，他单手端起电脑，拿果汁杯的那一只手朝她示意性地点了一下，淡淡地回答："方便，你不要爽约就好。"

然后他就从她的身边走了过去。

祁嘉穗："！！！"

祁嘉穗当即大脑一片空白，觉得自己要灵魂出窍了。她在脑子里欢呼——甜甜的情节终于轮到她了？终于轮到她了！对吧？

陈净野正往楼上走，祁嘉穗转过身，一脸忐忑地喊住他："那个——"

他看过来，示意：想说什么？

祁嘉穗虚着声音，边说边斟酌措辞："那个……你家的狗……我的意思是，它失恋痊愈了吗？"

陈净野闻声失笑，一本正经地回答："绝育了。"

因为陈净野的一句话，祁嘉穗激动了一整晚。她在这种不可自控的浮想联翩里，第一次失眠了。而让她失眠的那个人，此时此刻就睡在她对面的房间里。

天光初开，透过轻薄透亮的浅色窗帘，渗进来一束灰蓝色调的朦胧的光。

她格外清醒，还是没有半点儿睡意，抓着薄毯盖住半张脸，只露一双灿烂的眸子，定睛看着天花板。拼接的色块图案成了电影幕布一样的存在，她仿佛从中看到过去的自己。

那时候，她因为太想见陈净野，就第二次去陈家拜访。她在陈舒月的房间里玩，陈净野睡了一下午，也是在她的对门，她的心情好像也是这样急切。

他们明明已经离得很近了，她却依然无时无刻不在想着这个人。

晨曦渐渐明亮，沉静一夜的度假村别墅，楼上和楼下陆陆续续地开始出现一些脚步声响。

祁嘉穗反正也睡不着，没有再待在床上躺着，她隐隐听到蒋璇的说话声，便爬起来简单地洗漱，化了个淡妆，下楼去了。

她走下楼梯，蒋璇正跟一个男生在偏厅打台球，两个人各自杵着一根球杆，有一句没一句地闲聊着。他们见祁嘉穗走下楼梯，热情地打招呼："早上好，Saya，你醒得好早啊。"

一整个晚上都没睡的人，心虚地在嘴边浮现一点儿笑意。祁嘉穗一边往厨房走去，一边说着："嗯……你们也起得挺早的呀。"

听到这话，蒋璇好像想到什么生气的事情，立马抄起台球杆，拿细的那头直接打那个男生，打得对方一边审天猴似的躲，一边"嗷嗷"直叫。

"谁想起早啊？还不是他，蠢货！昨晚明明就是他不会烤海鲜，非说自己烹饪技术高超，保持了食物原有的新鲜，新鲜得我天没亮就拉了两次肚子！我倒是不想起这么早。"

两个人在那儿追来打去，声音一刻都没断过。

祁嘉穗精神亢奋得睡不着，却不能避免通宵熬夜给身体带来的疲累感。她去厨房找咖啡粉，因为昨天过来落脚的时候她看见厨房有台咖啡机，她打算自己动手做咖啡。

在开放式的厨房里，隔了一段距离她依然能听到旁边的小偏厅里蒋璇和那个男生谈话的声音。

岛台很大，柜子很多，她挨个儿翻。

"你就说你帮不帮吧？"那男生的声音忽然正经起来。

又是一声清脆的球杆撞击，蒋璇嘲讽的声音传过来。

"还真是'秋刀鱼的滋味，你和猫都想了解'是吧？姜羽什么人你不知道啊？你疯了吧？敢打她的主意？"

一经提醒，那个男生的声音里立时也有了几分顾忌。男生大抵是好面子，又含含糊糊，拿出一副压根儿不在乎的潇洒姿态说道："怎么了？我有什么不敢的，陈净野不是说过他们分手了吗？谈恋爱嘛，开心最要紧，忌讳那么多干什么？"

蒋璇夸张地嗤笑了一声："他说分手就分手了？我不信陈净野真和姜羽闹僵成这样了。那女的现在一提到陈净野还含情脉脉呢，你有本事就去追啊，我怕你最后秋刀鱼没吃着，沾一身腥啊！"

……

乍一听到姜羽这个名字，祁嘉穗还以为可能是名字相似，后来细听他们一遍遍地重复，跟陈净野有关系的姜羽……好像只有那个"朱砂痣"学姐吧？

她发呆，保持着拉开柜子的动作，眼里的情绪被睫毛遮掩，浓缩成一片阴影。

宋杭猛从她身后拍了她一下，开着玩笑说："怎么了？被施定身咒了？"

祁嘉穗被吓了一跳，惊惶地转身，看见宋杭脸上挂着大大的笑容。过近的距离叫她立刻闻到一股须后水的味道，挺清新的柑橘味混着水生调的香气。

祁嘉穗往后退，自然地跟他拉开距离。她摇了摇头，露出一丝勉强的笑意，说道："我在找咖啡粉，想喝咖啡。"

昨天晚上送过来的物资是宋杭接手的。他这会儿指着旁边的一个悬空的柜子说："咖啡粉在那儿吧，好像有两种。"

祁嘉穗关上柜子，起身去拿。柜子的高度设计得太不合理，她踮起脚都拿不到。

宋杭乐颠颠地走过去，就站在祁嘉穗身后，利用身高优势不费劲儿地抬起手臂。他的手掌越过她的头顶，帮她拿下装咖啡粉的罐子。

"我刚刚看了这边有租游艇的，可以海钓。咱们要不要多待两天？"客厅里有人在问。

陈净野下楼，刚好看到祁嘉穗和宋杭之间的亲密姿势，祁嘉穗抱着一罐咖啡粉，愣愣地转过头，与陈净野对视。陈净野的目光扫过她，没多做停留，声音也很漫不经心："你们玩吧，我晚上约了人。"

薄薄的罐壁被祁嘉穗的指尖用力一摁，"咯噔"一声凹进去一大块。

他刚刚说约了人，是她吗？昨晚他说去他家方便，又说让她不要爽约，这种话能信吗？为什么一夜过后再想想，觉得像一句随口的玩笑？陈净野会是这么随便的人吗？

大量的问题涌进祁嘉穗的脑子里，她难以负荷，只觉得血液往上冒，耳尖也跟着泛热。耳朵被宋杭一碰，她就像被电击一样跳开，把后腰靠在矮柜上。

宋杭还是那副灿烂的笑容，高举着双手，友好地道歉："是我唐突，抱歉。没见过女孩子的耳朵这么红的，真可爱。"

陈净野接了一杯水，慢条斯理地跟宋杭对了一个眼神，喝着水平静地应和："是挺可爱的。"

祁嘉穗后来想想，命运是给过她暗示的，叫她不要再傻了，还暗示得如此及时。

在她心里小鹿乱撞打算去赴约的时候，蒋璇告诉她："醒一醒吧，祁嘉穗，别一头热了，陈净野才不是一个没有故事的男同学。"

可他只站在楼梯上，淡淡地冲她一笑，她就像把什么都忘了似的。

陈净野看了宋杭一眼，意味深长。他走到祁嘉穗的面前，冰箱在她的后面。他大概是要拿东西，于是很随意地问："喝咖啡？"

祁嘉穗说："对，有机子可以做，你要吗？"

陈净野顿了一下，手指一松，抽出来的碳酸饮料"砰"地重新落回冰箱的隔层里，他朝她一颔首："好啊。"

他说完，蒋璇那帮人陡然怪叫起来。祁嘉穗倒着咖啡粉，都吓得撒出来一点儿。

"哇，哇，哇，陈少爷，你什么时候开始喝咖啡了？天下第一嫌苦的人，从来只靠烟酒提神，喝咖啡？太阳不会从西边出来了吧？"

祁嘉穗没想到还有这样的事，一时脸上有点儿烧。她用余光看他，他迎着她的目光，坦然地将这些起哄照单全收。

咖啡液萃取出来，汩汩溢落。祁嘉穗盯着杯里的咖啡，明明这么苦涩，她的心头却忽然生出一种无比澎湃的甜。那感觉，好像此刻她就在跟他谈恋爱。

陈净野让那些人适可而止。并不是所有女生都像蒋璇那样只看戏不起哄，那些复杂的、揣测的、探究的目光落在她的身上，分明有些不可言喻的羡慕，又互相递着眼神冷然一笑。

祁嘉穗知道，那像一种神奇的激将法，一下就把人架在那儿，任由那点儿原本无伤大雅的小小虚荣不断发酵，怂恿她用幼稚的行为去展示自己的独一无二。

她是那么的开心且迫不及待。于是她做好咖啡后端给陈净野，把胳膊压在他旁边的沙发扶手上半趴着，一副跟他俏皮地聊天的样子。

她晃了晃小巧的糖罐，问陈净野："要不要放糖？"

那时候，整个世界里好像只有她和他两个人。明明也有其他人的声音，但那无关紧要。他们浪漫的互动如爱情电影，那些人是另一个世界的观众。

看看，男俊女美，多甜，多般配。

很久以后，因某个契机，祁嘉穗再回想这一天，才恍然发现陈净野对她真的没有那么好。在那种充满不公平的环境里，他光鲜无比，天然地拥有着优越感，他根本不需要多情深意浓，甚至连演都不用演，只需要……稍稍地分她一点儿特别的对待，他的一举一动都会像在宠她。

他不费吹灰之力，就能让人如蒙恩赐。那一年的祁嘉穗，昏了头似的沉溺其中。

Chapter 03
甜心

Sweet heart，
她要打电话给她的甜心。

他们在度假村吃完一顿早午餐。男生去附近租车加油，女生磨磨蹭蹭地收拾东西，一行人驱车返程。在藤校附近的十字路口，大家拿了行李，各奔东西。

祁嘉穗回到自己的公寓，踢鞋扔包，往松软的床铺里一趴，先沉沉地补了一觉。

这一觉她没有睡好，做了个无比真实的噩梦，她梦到她跟陈净野上了床。

她只听过传闻里、看过照片里的姜羽，一副盛气凌人的模样。姜羽如女主人一样出现在祁嘉穗的面前，对祁嘉穗说："这栋别墅里的女式拖鞋是我的，粉色浴巾是我的，这里所有的东西，包括你处心积虑地想要勾搭的这个男人，也是我的。"

祁嘉穗一身冷汗，醒来后就只记得姜羽破口大骂的那句"不要脸"。

她刚从梦境里回过神，呆呆地坐着，一回想忽然就弯下腰，抱着被子哭起来。眼泪大滴大滴地掉，浸在柔软的纺织物里，将淡粉色浸染成深红色。

手机在床头充够了电，被她暴力地拔去充电插头，她想找陈净野，打开手机屏幕后却发现自己根本没有他的电话。

不过她之前关注过陈净野的社交账号。他在社交账号上并不怎么活跃，一个月最多发两条动态。她没把握他会看到私信，但她还是很蠢地发了。

祁嘉穗："我忽然想起来，我昨晚问你有没有女朋友，你还没有回答我。"

文字没有声音，也没有情绪。他不会知道她打出这几句话的时候有多委屈，有多可怜巴巴。她明明可以幡然醒悟，告诉自己这个男人话都不讲明白，"钓"她又不说喜欢她，是个"渣男"！以后再也不理他了！可她没有，她眼泪都不擦，又迫不及待地找他。她就差直接说——陈净野，你快解释啊，只要你解释我就信你了。

陈净野："没有。"

这条隔了几小时后的私信回复，只有短短两个字，却让她开心地在沙发上手舞足蹈。

祁嘉穗忽然想到，陈净野并不认识她的社交账号，他怎么会回复这个问题？

祁嘉穗："你知道我是谁吗？"

陈净野："我只约过一个女生来我家。"

祁嘉穗擦了擦脸上挂着的泪珠，看着屏幕上这句话。她正想着要怎么回答，倏然间那个黑白色调的头像又发了一条信息过来，语气是那么温柔妥当。

"如果你害怕，可以不过来。就当我那句话是玩笑好了，不用放在心上。"

祁嘉穗用她打字速度的极限，在一秒内打出三个字："我不怕。"

消息一发出去她就捂脸。

陈净野看到了一定会笑她吧？她自己都想笑自己了，为什么这么慌？为什么这么傻？为什么老做蠢事？脑子呢？

她想了想，打算挽救颜面，发了一句："我想看看你的狗。"

没一会儿，被她丢在一旁的手机屏幕又亮了，陈净野回她："好，我会告诉 Casper，有姐姐想见它。"

祁嘉穗咬住下唇，少女的心思完全被拿捏住了。他怎么这样啊？连傻瓜都知道看狗是借口了。

祁嘉穗："也想看看主人。"

陈净野："主人也知道了。"

祁嘉穗看着这句话，更用力地咬着下唇，他真的太知道怎么让女孩子心花怒放了。

之后陈净野给她发了一个地址，不是他家，是某海湾酒店。她的心脏"怦怦"地跳了一会儿，光着脚跑下床去挑衣服，整个衣帽间被翻了个遍，都找不到合适的衣服。

衣服要好看的。她在房间里忙来忙去，整个脑袋都是高热状态。

太难了。

最终祁嘉穗穿了一身红色的缎面裙，面料柔软，从正面看中规中矩，圆领无袖，露出细白的双臂，裙摆乖乖地落在膝上。可衣服的背面镂空。

祁嘉穗白皙无瑕的裸背在鲜艳红色的衬托下，好似一张名贵的画纸。她想由陈净野来画。

雀跃的心情让她脚步翩翩地下了计程车，临近夜晚，海湾酒店外的风好大，门侍来问她有没有预订。祁嘉穗捏住自己的手包，心想——言情小说里的女主角们是怎么凭空出现在男主角的房间里的？

果然脱离现实的言情小说，没有参考意义！

"没有，可以查一下是否有一位中国的陈先生预订了房间吗？"

前台的黑人女士帮她看了预约，用英语礼貌地回复："抱歉，没有陈先生的预订，您可以打电话跟他本人确定一下。"

她要是有他的号码就好了。其实他们聊天那会儿她可以问他要的，但是她觉得自己的企图心已经过分明显，又暗暗想着为什么他不能主动点儿？她一时犹豫，就没开口。

祁嘉穗叹息一声，言情小说里也没有女主角在开房这一步卡住的呀，怎么回事呢？难道要等他来一起开房吗？需要同时出示身份证？需要吗？现在国外开房这么麻烦吗？

祁嘉穗满脑子都是问题。

酒店大厅里的冷气太足，祁嘉穗选衣服的时候不觉得自己穿得有多单薄，现在被冷风包裹全身，她只能搓搓自己的胳膊，自我安慰。

故事女主角也是不好当的。祁嘉穗在打第二个喷嚏的时候，陈净野的薄衬衫外套披在了她的肩头上，他本人穿一件白色的T恤衫站在她的面前，嘴角微微地勾起一点儿纳闷儿的笑。

他打量着她："怎么在这儿等？"

祁嘉穗愣了愣，低声说："你发的信息就是在这儿，海湾酒店呀……"

陈净野笑了声："想什么呢？你一心扑在酒店上？消息后面'露台'两个字呢？"

"所以……不是在这里吗？"

陈净野把她从沙发上拉起来。

"我朋友今天过生日，在露台庆祝。不然呢？小姑娘，你以为直接来酒店干什么？"

他竟然问……来干什么？他竟然这么问！

祁嘉穗的脸以光速红了起来，还好她今天化了妆，脸色变化没有那么明显，但没有底妆保护的耳朵立马就暴露了。

陈净野用指背蹭了蹭她的耳郭，她耳上的小绒毛仿佛被顺了一下，酥麻感似电流般传来。他轻笑着，像发现了宝藏一样："耳朵这么爱红啊？"

陈净野的朋友圈子很广，宋杭他们只是一起玩乐的酒肉朋友，他也有像今天晚上来的这种志同道合的合伙人。

饭桌上，几个男人有一半的时间都在聊无人机，从红外线遥控感应说到避障技术。他们手上有个研发项目已经到了数据调试阶段，关于市场前景和应用领域他们也谈。

认真的男人真帅呀。陈净野好像永远都是气定神闲的样子，手臂搭在她的沙发背上，像把她圈在保护区里一样。

和人聊天时他的话不多，也不怎么爱发表意见，但只要有人提到他，他说出的每一句都能叫人信服并认同。

祁嘉穗小口地咬着蟹肉，偷偷瞄着陈净野。虽然她很多话题都听不懂，但还是觉得他好厉害。

饭后，酒店工作人员在沙滩上点起高高的篝火，现场乐队敲着激荡的架子鼓，梳着脏辫的黑人唱着歌，歌词听着也挺有意思的。

国外友人真热情，现场气氛越来越热烈，陈净野的朋友也带着女伴下去跟风跳舞。祁嘉穗已经喝多了，眼睛里迷迷糊糊地泛着星星。

她看着陈净野，光是看着他就觉得好开心。他约她，带她和他的朋友吃饭，她就觉得自己好特别、好幸运。

陈净野用手指勾起她被吹到鼻梁上的一缕长发，把头发别到她的耳后，好似幻梦。他好像从来没有被这么炙热的眼神盯过，她的热情真是意料之外。

"怎么这么看我？"

祁嘉穗醉醺醺地凑上去，用手臂环住他的脖子。她没有吻他，但她仰着头，发丝被海风吹起，白皙修长的脖颈全部露出来，完全是期待被他吻的样子。

"陈净野，我好喜欢你呀。"

篝火旁氛围热烈，音乐声狂野到有些刺耳，沸反盈天的热闹里容不下过于细腻的感情，海浪轻抚细沙，一卷就到了天边，没留什么痕迹。

陈净野没说话。为回应她眼底的期待，他用手掌按住她的后颈，低头吻了她，尝尽她口腔里的甜酒味。比预想的感觉还要好，他抚上她裸背那一刻的柔软触感，舒服到叫人喟叹。

真贴心，好单纯的乖女孩儿。

她醉了，脸都是热的，搂着他的脖子，脸颊贴在他的颈窝里跟他撒娇："我还没有你的号码呢……你为什么都不问我要呀？你是不是从来不会主动问女生要电话？"

陈净野揉了揉她的头发，用悦耳的声音在她的耳边说："你的手机呢？"

祁嘉穗从小包里翻出手机，乖乖地递给他。陈净野没接，连人带手机一下抱进怀里，祁嘉穗就坐在他的腿上，他一手拿着她的手机，一手捏着她又软又白的手指去解指纹锁。

她羞怯地缩在他的怀里，裸背贴着他滚烫的胸膛，他的唇在她的耳边，连说话的气息都是热的，好像他说着话就会咬住她的耳朵一样。

"想要号码怎么不开口？这么矜持。我看你一眼你都要把背绷紧，累不累？"

羞耻和愉悦在祁嘉穗的身体里齐头并进，这样的夜里就算刚刚滴酒不沾，她应该也会为这一刻跟他的亲近而感到飘飘然吧。

陈净野点开她手机里的新建联系人，输入了自己的号码，打完"陈净野"三个字，准备按"保存"键，怀里的小姑娘忽然叫他等等。

"一定要写全名吗？"

陈净野的手指在屏幕上顿住："也不一定，你想写什么？"

"我想乱喊！"她扬起声音，醒与醉已经不重要了，她只是想任性地说话。她虚张声势，只是想让他来纵容自己的贪心。

陈净野示意她来操作。她顾不上管两侧因低头而垂下的头发，抓着陈净野的手指，在手机键盘上一个字母一个字母地打字。他耐心地把手借给她，用空闲的那只手好心地挽起她的长发，替她把长发顺到肩后。视线清明，陈净野看见手机屏幕上小框里的字。

"sweet heart"。

甜心。

陈净野笑了，轻轻的一声，他胸腔沉闷的震动被祁嘉穗感觉到。

她还没按"完成"，回头看他："可以吗？"

"乱叫。"

他批评她，但并没有让她改正。他的眼底含着笑，点了她手机屏幕上那个小小的"完成"键。为此，他需要她配合赠予一个更绵长、更深入的吻。

第二天早上，祁嘉穗在这家海湾酒店采光和欣赏海景最好的房间里悠悠地醒来，后脑勺儿刺痛，身上还穿着昨晚的那件红色缎面裙子。她揉了一下头发，掀起被子，看了看房间的陈设。

房间里没有衣衫满地，也没有男人。床头有张印着酒店标志的便笺，贴心地告知她昨晚是哪位女服务生替不省人事的她卸妆、洗脸。当时她左边的面颊起了点儿小疹子，不知道是不是对什么成分过敏，后续有问题可以打电话给酒店。

祁嘉穗看着这串周到的英文，呆了半晌。

昨晚，她最后的记忆里满是海风，是靠在陈净野的身上，他身上混着点儿干燥的烟的气息，真好闻。醉意袭来，风一吹，她就靠着他的肩睡着了。

后来，他的朋友聊天时提及她，她已经醉态毕现。她合着眼，悄悄地开心着，因为他们跟陈净野说："你的女朋友……"

她不省人事，他明明可以对她做任何事，但是他没有，他开了房间让她休息，他自己都没有留下来。她明明该弯起嘴角，大加赞赏陈净野真是个正人君子，可是她却不由自主地垂下嘴角，胸腔里涌上一股没来由的失望。

难道自己对他没有一点儿吸引力吗？

太委屈了，她甚至都忘了考虑时间。这会儿天刚亮，不方便去打扰他，可祁嘉穗不管了，直接从手机里翻出那个刚存储还新鲜的联系人。

"sweet heart"，她要打电话给她的甜心。

电话那头声音嘈杂，少于十个人说话都混合不出这种层次模糊不清的杂音，只有什么东西被哗啦推散的声音，是清脆的，那像是他的动作和游戏机器运作的响声，仿佛在和她共振，她觉得自己也是其中的一台机器。电话打通了，她竟然忘记说话。

陈净野拿起电话，另一只夹着烟的手绕过怀里女人的肩，对方便识趣地不再靠着他，体贴地递上个烟灰缸，供那截过长的烟灰下落。

陈净野的目光扫到来电显示，他掸灰的手指忽地用了点儿力，捻灭了剩下的烟，随即空出手，换了一边接电话："睡醒了？"

他烟抽多了，嗓子又闷又哑，在天际未明、心绪不宁的时刻，让祁嘉穗听出一点儿缠绵的感觉。她抿了抿唇，坐在床铺上，好像一听到他的声音，刚刚睡醒的那些焦躁就自动退去了。

"你在哪里呀？你睡了吗？"

陈净野轻笑了一声，朝打扮清凉的女人抬了一下手，示意不必暂停发牌，桌上游戏继续。他的手腕搭在暗紫色的丝绒的台面边缘，漫不经心地掀牌看，又悠闲地与电话那头的小姑娘聊天："我还没睡，在圆桌。"

祁嘉穗听周馨说过，圆桌是西海岸一家很有名的娱乐城，供富人消遣。

"是朋友约的你吗？"

陈净野应了一声，靠在一边，翻出一张黑桃 K。

她本来想抱怨他的，他怎么可以就这样把她丢下去跟朋友玩牌？昨天晚上在露台他们都亲了……就算他有事，喊醒她带她一起不行吗？

细微的心酸一涌上来，她忽然惊讶，自己竟然已经开始从他女朋友的角度思考问题。

"那……你要睡觉啊，你不困吗？牌什么时候都可以打，熬夜对身体不好的。"

换了其他女人说这些，陈净野理都不会理一句，他讨厌女人带着试探说一些弯弯绕绕的话，但是电话里这个小姑娘好像就是有点儿不一样，他很自然地就会给她优待。

苏城女孩儿特有的软调子，在异国他乡的冷寂早晨听来有种别样的安慰，像陈舒月在家跟父亲撒娇似的感觉。而此刻，她也在跟他撒娇。

"嗯，我知道了，我待会儿就回去，现在时间还早，你再睡一会儿吧，我后两天要去一趟 B 城，有点儿事要忙，回来再联系你。"

祁嘉穗乖乖地说："好。"

电话挂了。赌桌上陈净野的朋友带一点儿调侃的笑意看着他，声音故作戏谑，说道："不得了啊，竟然有人敢查你的岗？何方神圣？"

另一个男人说："神奇的难道不是他竟然一句句都应了，还交代之后去哪儿吗？阿野，你不对劲儿啊。"

陈净野新点了一支烟，双颊在深呼吸的动作中微微瘪下去，之后徐徐吐出冲天的白烟。烟气缭绕里，他翻了牌，声音淡淡地说道："小姑娘，没谈过恋爱，照顾着点儿。"

狐朋狗友们挑眉耸肩地笑。牌局到尾声，陈净野将牌面亮出来，黑桃 Q、K、A 的同花顺，这一局稳赢。

祁嘉穗的不对劲儿很快就被周馨知道了。

还是在社区的那家咖啡馆，周馨抱着店主养的白猫，迎着光，找角度，凹锁骨肩线自拍，祁嘉穗坐在她的对面，写着课程论文。

从头检查发现漏了一个论点，正翻查资料，周馨忽然一句"有男朋友了吗"，吓得她书都掉到了地上。

祁嘉穗弯腰去捡书。

周馨问："谁呀？宋杭？"

祁嘉穗摇头，周馨又报了两个华人圈里平时对她有好感的男生的名字，她都摇了头。

不等周馨再猜，祁嘉穗合上书，把书放在一旁，翻开扉页，将手指卡在那里，好像无意地问："为什么不猜陈净野？"

"陈净野？"周馨眉头一皱，眉毛立马挑起，好似两把利剑，意味瞬间复杂起来。

"真是陈净野？"

这话叫祁嘉穗听了心里有点儿堵。

"为什么不能是他呢？"

"他呀……他不跟人谈恋爱的吧？"周馨头一次用一种不确定、难以琢磨的口气说，她在以为自己最魅力无限的时候，也只想过在他那里捞够便宜就走，跟他谈恋爱她可不敢想。

周馨用手臂撑着桌子，托着腮看向祁嘉穗，问："他说他喜欢你了？要你当他的女朋友了？"

祁嘉穗脸上的表情在周馨连连的询问声里一点点僵住，她的心脏猛然朝下一沉，仿佛堕进深海，前所未有的水压一瞬间压迫得她喘不过气来。她微微张口，但没有声音。没有，什么声音也没有。

明明她每时每刻都沉浸在被他照顾、被他喜爱的心情里，甚至今天上午他在 B 城还发消息问她喜不喜欢吃日料，西海岸有家他经常光顾的日料店很不错，说要带她去吃。他们就像谈恋爱一样，但是什么都没有发生，他没有说过喜欢她，也没有说要她做他的女朋友。可是她说喜欢他了，也允许并回应他亲她，她就差把心掏出来给他了。

祁嘉穗所有昂扬的期待，顷刻被一棒子打了下去。她恹恹地垂头，又一次在短暂的清醒里惴惴惶惶地意识到自己昏了头。

她怎么会这么迷恋他？

几天后，陈净野从 B 城回 L 市，开车来公寓楼下接祁嘉穗去吃饭。

有些年轻的姑娘哪有本事藏心事？她的闷闷不乐都明晃晃地挂在脸上，不需要剃窄八字眉，扛把锄头就能去葬花。

见了面，陈净野看着这样的她，什么也没有问。车里放着轻柔的英语歌，祁嘉穗像个做错事的小孩儿，全程坐在副驾驶位上，低着头捏自己的手指。

有那么一刻，她的眼睛酸了一下，水汽忽然就很想往外冒，但很快她的掌心里留下一堆乱糟糟的指甲掐痕。她在努力将情绪压下去。

莫名其妙就哭，他会很烦吧？

她好被动，连怪都不能怪他。他又没有做错什么，是她过分喜欢、过分期待，才会落空、失望。不关陈净野的事。

她发着呆，连车子什么时候停在一家日式餐馆门口她都不知道，还是陈净野倾身过来给她解安全带的"咔嗒"一声响，把她的神思拉了回来。

他用手指抬起她的下巴，用深沉的眼神端详着她："是我得罪你了吗？"

话很有诚心，语气却没有一丝歉意，那只是聪明人一贯以退为进的话术。

祁嘉穗摇了摇头。

陈净野看着自己腕间的那块表，嘴角微微一提："你差不多有一小时没有看我一眼了，或者笑一下。如果你真的这么不愿意和我出来，下次不要这么勉强。"

他说完作势要下车，祁嘉穗的眼泪一下就流了出来，拉住他的胳膊哽咽了一声，喊他的名字。

祁嘉穗清楚地看见，陈净野在回头看见自己这副落泪的样子的时候短暂地皱眉，怕惹了麻烦似的，目光都暗暗地疏离了一些。他好像真的很烦女人哭哭啼啼，好像那是什么他看腻了的情绪和把戏。

祁嘉穗的泪腺完全不受控，泪水很快模糊眼睛，于是她用手背去抹眼泪。她不记得他的眼神是什么时候变化的，也不知道是什么让他收起了那股本能的嫌弃，把她拉到自己怀里。

他拍一拍她的背，搂着哄她。

"发生什么了？怎么哭得这么伤心？你在 L 市的生活出问题了吗？"

没顶的难过堵塞着祁嘉穗的喉咙，她在哽咽不能言的状态里停留了许久，然后才抓住他的手，放在自己胸前，低声说："是这里……"

"是我心里出问题了。"祁嘉穗掉着泪，招架不住这种未知，几乎难堪地开口，"咱们都亲过，但是……你都没有说喜欢我，你是不是不喜欢我呀？"

她的眼泪悬在下睫毛上，摇摇欲坠。陈净野用手指替她抹去眼泪，动作既不熟练也不温柔，甚至将她薄薄的皮肤扯得有些疼。

祁嘉穗怔怔地看着很近的他。其实她本来不会哭得这么凶的，但是她看到他忽然有点儿心疼自己的样子，她就想再可怜一点儿，叫他对自己更好。她也不是什么单纯的小姑娘，她想要他的好，越多越好。

陈净野捏捏她的脸："脑子里整天都在想什么？这也哭？"

她在他不耐烦的语气里找爱的蛛丝马迹，这是一项很考验自作多情的本事，她初次体会，却那么甘之如饴。就像一尾小鱼义无反顾地跃进大海，祁嘉穗溜进他的怀里，细细的手臂搭在他的肩上，闻到他的身上淡而好闻的气息。

"那你说喜欢我好不好？"

那人笑容好看，若无其事地开口，好像做坏事的人不是他："我什么时候说不喜欢你了？整天胡思乱想的，哭够了没有？肚子饿了吗？"

Chapter 09

缠绵

无所惧。

用情至深的人根本无法坐以待毙，
纵然是刀山火海的风月局，也单刀赴会

祁嘉穗是土生土长的苏城人，口味偏好清淡，喜欢软烂的食物。她以前就听陈舒月说过，她哥哥在饮食上很挑剔，对日料有几分偏爱，家里聘的厨师也特意照顾他的口味。日料讲究时令新鲜，所以三天两头有食材空运到他们家里来。

这是一家在 L 市由港城人开的日料店，陈净野是这里的老主顾，跟店里的人都熟。

这家餐厅刚从上一次的米其林评选里杀出一骑绝尘的好成绩，据说目前是西海岸日料届的"扛把子"。祁嘉穗对日料没研究，她从小胃不是很好，也不爱吃生食，以她的水平，讲不出日料正宗不正宗。

但这店是不是也太爱创新了？刺身配芥末和酱油还不够，据说老板娘有独家自制的辣椒酱，风味独特，新鲜食材仅简单处理，保持着生肉余温，辅以佐料，便摆盘精致地被端至食客面前。

这个季节最适合吃的是黑鲷和鲭鱼，竹荚鱼配韭黄和小片柠檬是他们家的招牌特色。可老板娘再怎么推荐好吃，祁嘉穗也只笑笑不纳谏。

她不太能分辨，隐约记得竹荚鱼是鲭鱼的一种。她初中吃过一次，有些腥，当时胃里一阵翻涌，恶心得脑袋都难受，遭了不少罪。

自那之后，她潜意识里便有一种敬而远之的畏惧心理。

老老实实要了一份鳗鱼拌饭，祁嘉穗推开旁边的铺着紫苏叶的小碟子。

"我不敢吃这个，有点儿怕。"

就像鳗鱼饭里混着黏稠汤汁拌开来的米粒，她的声音也是糯糯的，之前哭得眼睛泛红，这时候在灯下瞧都像只受了惊的兔子。

对面凝视的眼神叫人浑身发热，祁嘉穗便低下眉眼。

直至一双金缮的乌木筷子探进眼帘，往她狭窄的视线里，送来一块软塌塌的生里脊，搁在靛蓝松纹的餐盘边。

据老板娘刚刚说的，也是特色之一。

祁嘉穗捏着筷箸，抬眼看他，又说："这个也不敢……"

陈净野弯起唇，倾身给她斟上一小杯清酒说："笨蛋，你不识货呀。这种级别的小牛，最快也是半个月才能到一批货，里脊就这么点儿大。多少客人在排队等，这还是我上周预定的。"

东西好不好吃、对不对胃口另说，且说食材难得，他却想着带自己来，祁嘉穗就立刻感动到勇气十足。

筷子朝前探去，夹了一小块送进嘴里。

哪怕能尝到一点儿柠檬和醋味，咀嚼的肌理感和腥气也会叫初尝者不适，她没尝出来多新鲜，吃完表情有点儿不对劲儿，停了两秒，反刍似的呛了一声。

陈净野又笑，俯身过去轻拍了拍她的背，递水给她漱口："不喜欢就不要勉强。"

她不说自己不喜欢，用餐巾轻按了按嘴角："我可以吃别的，其实这家店环境还挺好的，挂画都挺漂亮。"

好像生怕他下次来这家店，因彼此口味不合，就不会再想着带自己过来了。

后来多少年，祁嘉穗看见日料店都会想起陈净野，想起这人是真的彻头彻尾爱新鲜。

有一回和朋友玩酒桌游戏，半醉半醒，烂俗真心话的桥段。有人煽情地问，什么是爱情，什么是喜欢？

祁嘉穗便不由自主地回忆起那些精致的腥，那些包裹在做法严谨和摆盘考究里，最最符合时令的腥气。

她后来跟人说：喜欢就是鱼生蘸醋精，别人吃的是一口新鲜，你明明难以下咽，还觉得那种恶心是一种甜。

从日料店出来，靠左就是一条迎坡而建的长街，老旧灯牌有种别样韵味，簇拥艳色霓虹，陈净野就站在其中。

说是"站"有点儿不合适，说融入或者隐匿，似乎才恰当。

行走在夜间，他与那种暗沉艳丽的光，仿佛有种与生俱来的契合。

半小时前，他的电话响了。他看过来电显示，就去旁边接，叫祁嘉穗在门口等他。

身后的日料店，入门暖帘挂了一幅浮世绘，是《富岳三十六景》系列之一，摹着葛饰北斋笔下矛盾的东瀛美学，极具侵略性的鹰爪巨浪，处处都写着危险，而身处其中的渔民却神态平静，一副顺应天意的模样。

什么是天意呢？

他终于打完电话，从路边走回来，迎着风问她想去哪儿。

好像已经等了很久了，迎着四散的浮光，周遭繁华，祁嘉穗却独独望着他。

风吹着，好像不会停。

她问陈净野："可以去看看你家的狗吗？"

明明比谁都懂太心急是不好的，未免太掉价，女主角的矜持不该如此。

可是用情至深的人根本无法坐以待毙，纵然是刀山火海的风月局，也单刀赴会无所惧。

夜风吹乱了她细软的长发。

陈净野收了手机，替她把一缕发丝理到耳后，很自然地揉了揉她的耳垂。

酒气在她身体里无声扩散，连耳垂也沾了红热，小小一团软肉细捻于指间，渐渐生了旖旎兴味，可一看她的眼睛——柔软明净，好似白瓷水盏里盛一碗小月亮那样皎洁。

自查出几分亵渎之意，陈净野蜷回了手指，温声说道："不要这么着急，你再想想，笨蛋脑子说哭就哭，我可惹不起了。"

被他这么一调侃，叫她脸上又是一阵新鲜的红热。她抓着陈净野的手，贴在自己的脸上，拿他的掌心当降温冰袋。

"我早就想清楚了，真的。"

她不是那么不谙世事的单纯姑娘，却还是一头热，栽进去就不计较后果了。实际上，她对陈净野一点儿都不了解。

不知道这人远远没他表现出来的那么好脾气，不知道这人的精力这么旺盛。

她缩在他胸膛下方，小脸埋进他的肩窝，像一叶颠簸的小船抵达港湾，用低低的哭腔喊他的名字。

陈净野亲她红热的耳郭，意外尝到她眼角淌下的一丝咸苦。温柔的举动，反而让她哭得更凶。

他没懂，也懒得问了。

床铺落红，少女呜咽。

有什么东西在暗处悄悄生了根，那时他忘了去思考隐晦的部分有几分情动。

披上黑色睡袍，下床朝浴室去，但走了两步，他站在浴室灯光压出的冷冷的亮光里，看向床头的那片昏暗。

她像沙滩上一条濒死的小鱼。

浪潮怎么忍心这样退去？留她一个又折回来。他蹲在床边，用几分善心，把少女脸上粘湿的碎发拨到耳后，温热拇指一下下轻轻摸她薄薄的眼皮。

"要不要洗澡？"

纤长乌润的睫毛颤颤掀起，像从宝匣里漏出光，如此珍贵而清亮，有一种他从未见过的柔软弥亘其间。

她就那么望着他，小声问着："如果不洗的话，你会不会就不抱着我睡了？"

陈净野勾了勾唇角，没回答，直接从床上连毯子带人扛起来。

"想要抱就直说，怎么老这么别扭啊？跟谁学的拐弯抹角？"

一身倦累骨头滑进灌满水的浴缸里，得片刻舒缓，她真就直说了："还要你亲。"

陈净野就亲她，亲到她痒着躲。

她不想穿睡袍，要穿他的衬衫，陈净野也给她找来，颜色都任由她挑。

她趴在浴缸边，好开心。

喜欢他愣顿一下又答应的样子，好像他从没为谁做过，但偏偏肯为她做。

她觉得这就是爱。

翌日早上，陈净野睁开眼，胳膊都被她枕麻了。祁嘉穗窝在他怀里迷迷糊糊醒来，随后跟他撒娇说，想吃他亲手做的早饭。

陈净野说，他没怎么下过厨房。

她想要他试试。他被磨着，也肯去翻冰箱找食材。

即使最后只弄出两片差点儿煎焦的培根和一个太阳蛋，她拿刀剖开，用叉子叉起，也吃得香，只差掉出两滴感动的泪水来。

她又不是傻子，两个人相处后，通过这么多的细节都能感觉到对方和自己投入的根本不成正比。她完全被这个人拿捏住了。

但是她放弃了思索，只想活在表面，沉溺于这些一时情热的宠与爱。

她不去管外界的流言蜚语，也不去问他身上陌生的香水味来自谁，怎么沾上。事情不过分的时候，一切都能忍。

她只记着公寓突然停电的时候，打电话给他，他就会过来陪她，即使电话旁边就有别的女人的声音。

他带别的女人出海又怎样？只要她装作不知道，撒撒娇，他能立马叫游艇泊岸，两小时之内带着楼下的章鱼烧出现，喊她"宝贝"，把她抱在怀里哄。

他的手机密码是她的生日，屏保是他们两个的照片——他坐在床边半裸着点烟，她穿宽大雪白的浴袍，微露着肩，靠在他的怀里，腿上摊一本复习的资料书。

他从没避讳，连手机都任由她翻。

他的朋友都惊讶，陈净野竟然会对她纵容至此。

她存在的痕迹如此明显，仍然不缺"知情识趣"的女人往陈净野身上贴，她自然也不能毫无"美德"，装聋作哑就好了。

也不担心自己性子太软会不会被欺负，谁要是不知情识趣了，凑到她面前说些不好听的话，真叫祁嘉穗难过落泪了，陈净野会让对方以后再也没有知情识趣的机会。

都这样了，周馨怎么能说陈净野不爱她呢？他分明是把她宠上了天。

某社交问答软件上，有人发帖提问：如果男朋友心头有一颗朱砂痣，但我不想跟他分手，我该怎么办？

深夜失眠的时候，祁嘉穗点赞了其中一条评论——只要装作不知道，问题就不存在了。

M国的华人圈子就这么点大，更何况社交圈还严重重叠。祁嘉穗想完全避开姜羽，是一件不太可能实现的事。

第一次见面，是在一次女生的聚会上。

祁嘉穗能感觉到对方不动声色的打量。姜羽双手抱臂，姿态端得很高，仿佛在故意跟她摆出什么先来后到的"正宫"气场。

祁嘉穗也做出第一次见面、之前完全不知道这个人的样子，随她角色扮演，自己半分多余的关注都没给她。

周馨说从那次之后才对祁嘉穗刮目相看，说她也不是什么单纯的小白兔，不简单。

祁嘉穗自然不是什么心性单纯如白水的小女生，不然哪儿来的眼界给身边的朋友提爱情建议？

深知一个道理，只要不正面交锋，赢家永远是她。纵然有什么酸楚，她也肯忍着。

她那时候完全陷在其中，甚至觉得这份忍气吞声多少是值当的。

陈净野觉得她"乖"，觉得她"懂事"，自然就会对她更好。

跟陈净野相处一段时间后，祁嘉穗很快就把他了解得透彻。这个人最怕麻烦，尤其是女人惹麻烦，谁给他添麻烦，他立马冷下脸色叫对方滚。

祁嘉穗把适可而止贯彻到底，偶尔撒娇却不黏人，陈净野就不会离开她。

大三那年的农历年底，他们各回各家，在苏城过了一个短暂春节。过年后，他们很快回了 M 国。

日历刚撕掉一张立春，情人节还没到，苏城积雪未化，L 市已经是最低气温十几度的春日光景。下飞机就脱了厚外套的祁嘉穗，还有点儿不适应。

暖阳当头，她还惦记苏城的雪。

查了几个旅游网站，祁嘉穗抱着电脑坐到陈净野身边："Honey（亲爱的），反正假期延长了，咱们去 B 城度假好不好？"

她提议时，陈净野正在游戏房里打游戏，跟他国内的几个狐朋狗友连线。一群男的偶尔蹦些脏词，兴致很高。

她说完话，他没看她。

瞳孔被屏幕里的光与色浸透，他面无表情，快而准地高频按键，有种漠然的杀伐气息。等这一波结束，他敷衍似的应了一声。

旁侧无动静，他怀疑她是不是没听到，握着游戏手柄，一低头，看见祁嘉穗像只小猫似的蜷在他身边睡着。

他就这么垂眼看着她。

耳朵里是虚拟空间的阵阵枪击，飞车钢枪的轰鸣如雷响，队友急不可耐地交流或笑骂，屏幕内外是两个截然不同的世界。

属于她的部分，是这样安静而柔软。

隔了几天，祁嘉穗都快忘记她提过度假这件事，早上睡得迷迷糊糊，陈净野把她从被子里挖出来，问她有没有东西要收拾。

从 L 市到 B 城，横跨整个 M 国，六七个小时的机程，就因为她说想去 B 城看雪度假。

那时的 B 城，刚刚度过春节时期的暴风雪，整个城市从舷窗看去，银装素裹，跟 L 市挥金如土的广袤不同，学院派的城市文化，叫精致宜人。

下了飞机，祁嘉穗兴高采烈，把特意准备的雪白绒帽戴上。帽子又肥又多绒，衬得她泛着粉的脸只有巴掌大。

陈净野觑见她笑，心意一动，捏她的下巴去亲她。突如其来的吻，猝不及防的心动。感知到他唇舌湿热的一瞬间，祁嘉穗眨了眨眼，茫然愣在这一片风雪里头。

亲够了，陈净野看着她，又戳了戳她的脸，问她冷不冷。

她点了点头，往他那边靠，陈净野便半搂着她上了机场外的车。

他之前的无人机研究项目就是在 B 城展开的，当时做背调，他经常往返于 L 市和 B 城之间，在 B 城这边也有一栋小楼。

祁嘉穗说想过来玩，他就叫人好好打理了一番。

陈净野最近没有休息好，工作上的事使他这半个月都在熬夜，每天电话不停，眼下有淡淡的乌青，上车后就陷入假寐。

祁嘉穗玩着帽绳上的绒球，没有去打扰他。她也有自知之明，可能这假期的开心只是她一个人的。

他如周馨所说，是一个不会谈恋爱的人。

祁嘉穗很清楚，彼此之间更像陈净野养了一只猫。他要是开心了，就跟猫玩一玩，猫想要什么都可以；他要是不开心了或没兴趣了，就把猫撇在一边，或者去玩玩别的猫。

她忽然觉得这次度假，她最开心的时刻就在下机的那一会儿。

不会再开心了。

车窗蒙了雾，她用手指在上面写字，下意识写了一个瘦长的"里"字，刚要补另半边，在他睁眼问她饿不饿的时候，又快速抹去。

L市四季如春夏，即使是冬天也根本穿不上大衣，陈净野身上这件大衣是祁嘉穗跟蒋璇之前去欧洲旅游给他买的，搁置挺久，终于在B城派上了用场。

驼色的高领浴袍款，微微廓形，线条利落，当时在商场橱窗里看到，祁嘉穗就想象出他上身的样子，毫不犹豫进去刷了卡。

近几年，这家男装的成衣线为了打入国内市场，发了不少品牌大使的头衔，但亚洲代言人的定位总是不准。

这个以法语里"上帝"和"金子"定义品牌名称的法国高端奢侈品，招来了好大一波嘲讽。

认识陈净野之后，嘉穗才发现，服装土不土，其实也取决于谁穿。

即使主打未来感的最新印花系列，也从不是脱离仙气的设计，只有足够优越的头肩比例，才能驾驭住贵公子的休闲风格。

俗得乍见惹眼，贵得出其不意。

祁嘉穗偏过头，觉得很适合，服装设计的精髓都在身边这个男人身上体现得淋漓尽致。

B城的这栋房子他不常来。接到户主的度假通知，社区管家从门口就一路迎着。

陈净野交代的东西她都一早准备好了，里里外外也请人打扫过一遍。

陈净野跟她清了账单，还给了她好大一笔小费，超额的部分，这位叫米雅的社区管家笑容满面，用夸奖来回赠服务价值。

"陈先生，您这次的女朋友真好看，B 城很少能见到这么漂亮的亚洲姑娘。"

祁嘉穗抿住了唇，想硬笑也笑不出来。她没有问上次的女朋友是谁，又是什么时候的女朋友。

陈净野显然也没有放在心上，手指挠了挠她的下巴，喊她进门。

大概是刚刚在车上睡够了，他进门的时候精神了很多。

暖气已经提前开好。进了室内，祁嘉穗提着自己的小皮箱上楼，打开衣柜，挂上自己的外套。她里头穿一件毛绒绒的白色针织衫，举臂露出一截细白的腰肢。

就是那截暴露在空气里的皮肤，忽然被人从身后严丝合缝地圈拢，随即祁嘉穗的耳朵就被吻了吻。

他的唇很热。

祁嘉穗小幅度地扭了一下，转身被他按在柜门上，后脑由他掌控，他压下来吻她，吻到难分难舍，祁嘉穗差点儿呼吸不过来。

察觉到身上这件薄衫即将不保，她抓住陈净野探进去的手腕，有点儿惴惴不安地说："那个，我昨晚'来亲戚'了……"

空气静了一秒。

面前男人的神色随着兴致也淡了下来。她正想着有没有什么别的办法，两边脸颊就被人捏了捏。

"怎么这么烦人？"

能说出口的烦，都不是真的烦。他要是真烦了，连话都懒得多说，眼神都不会给一个。祁嘉穗暗暗弯唇，踮脚，伸手环着他脖子亲上去。

她鲜少主动，但又知道他挺喜欢这种出其不意，稍微配合一点儿陈净野就会很难把持。

他拿她没办法，把脑袋埋在她脖颈里一通吻，配上"冷白皮"，像吸血鬼附身。

祁嘉穗靠在柜门上，松松地环他的颈项，"咯咯"笑着。

知道祁嘉穗怕痒，他故意捏她腰，听她告饶也继续使坏："跟谁学的？"

祁嘉穗说："就是你。"

陈净野笑道："那你不学好啊。"

两个人闹了一会儿，一起下了楼。她靠坐在客厅沙发上，收起甜笑的面色有些虚弱泛白，好像上个月碰了太多冷食，这个月"来亲戚"肚子很不舒服。

陈净野自己在厨房捣鼓了一会儿，出来时端着一杯热水。

祁嘉穗愣愣地捧住，两只手心都是暖的。

在国外住久了，会慢慢习惯不喝热水。杯子里这片热气腾腾，熏得她眼睫温湿。

隔着薄薄的一层水雾气，看着身边抱自己的男人，她明明抿着唇角，有几分笑容，眼里却藏着没人能懂的不甘和低落。

他是喜欢她的吧?

但他不会把所有喜欢都给她一个人。她无法割舍，也不能尽情快乐，爱情真是折磨呀。

晚餐是附近点来的餐，国外的外卖不怎么方便，也不怎么美味。陈净野吃到一半，丢了刀叉，打电话约明天厨师上门。

之后又问她这几天想去哪里玩。

晚上他们去逛了一趟车展，在人潮里，他一直揽着她的肩，将她圈在自己身边。

祁嘉穗在国内读书的时候就考了驾驶证，也开过车。M 国的西部城市基本都承认国内的驾驶证，但来 L 市这么久，她开车的次数屈指可数。

陈净野在 L 市有个叫梁空的表弟，是他外祖母那一系的血缘，隔了好几个姓，已经不算很亲了，但同在 L 市又住得近，平时来往就很密切。

梁空年纪跟祁嘉穗差不多大，那本事大的，不是百十个祁嘉穗能比拟的。

有一次祁嘉穗清早晨练，天刚亮，路过梁空那栋别墅附近，有个提着行李袋的小姑娘哭着出来，一双鹿眼干净有灵气，素面朝天，看着年纪很小。

她要去机场，打不到车。

祁嘉穗没多问。哭得这么惨，什么情况也能猜到一点，估计是陈净野那个表弟没做好事，她就叫人等一下，回去开了陈净野的车，送她去机场。

小姑娘跟她说了很多句"谢谢"。

回来不久，陈净野先是夸了她一顿，调侃地说她会开车啊，还挺惊喜的。然后当天他那个表弟梁空就带着监控上门，差点儿要"撕"了她，问她把早上那个小姑娘送到哪里去了。

那阵仗祁嘉穗没见过，陈净野让她上楼，然后他跟梁空在楼下聊了一会。然后梁空情绪缓下来，问祁嘉穗那小姑娘走的时候有没有说什么，祁嘉穗想了想告诉他，她说她再也不会来 L 市了。

陈净野是家里的长子，下头还有个亲妹妹，再浑也多少有点儿长子做派，但据说梁空在他们家那边是年纪最小的，家里惯得离谱儿。他也对得起这份娇生惯养，身上那股子肆无忌惮是陈净野都不可比拟的。

那样的梁空，祁嘉穗也从没见过。

挺吓人的。他眼底发红，看着怒气滔天，细究起来却有那么点儿欲哭无泪的意思。

他说，也好，不来就不来吧。

人走了。

从那之后，祁嘉穗再没开过车。

她总觉得 M 国很乱，平时也很少一个人出门。参加群体活动的时候，有一群"秋名山车神"，也轮不上她开车。

祁嘉穗的生日快到了。

她生在农历雨水节气，是凛冬方退的早春，在 L 市这样终年干燥少雨的春夏气候里，很难体会到这时节里"东风既解冻，则散而为雨矣"的润物缠绵。

陈净野则在十一月初过生日，单算出生年份，其实她小他四岁，比他妹妹陈舒月还要小几个月。

陈净野给她挑了一台樱粉的 Huracán，他说小牛适合女孩子开。感觉白色有一点儿素过头，他就问祁嘉穗的意思。

祁嘉穗觉得这个礼物贵重且没有必要，也不是很喜欢。后一句她没讲出口。

陈净野揉了揉她的脑袋说："玩具车，玩不玩看个人。你不喜欢开可以暂时先放着，你那个公寓楼下不是有车位吗？"

他送自己礼物，祁嘉穗多少还是开心的，只是听他说这样的话，难免顾影自怜，他实在太会玩了，会不会有一天，她也这么被他随手放到一边搁置？

他的世界里，应该也多得是这样的车位吧。

她点了点头，冲陈净野笑了一下。

展厅的灯光白昼一样干净明亮，落在她那张极具易碎感的白皙面孔，骨皮纤薄，讨人喜欢。

这是他的。

陈净野将手伸过去，蹭了蹭她的脸。

她往旁边轻扭了下头，又自己用手指摸了摸那块皮肤，疑惑地说道："你干吗老是这样摸？我脸上有脏东西了？"

"干净着呢。"

他爷爷退下来后，有了样雅致的爱好，没事干就喜欢收几个玉壶春瓶。瓶颈纤细，赏玩时大差不差也是这种蹭法儿。

那是有灰才蹭的吗？

那是看着就喜欢。

故意往酸点儿说，还有个词叫"爱不释手"。

在几个车展经理羡慕的目光下，祁嘉穗心不在焉地签了单子，留下电话、地址之类的个人信息。

之后车子会送去 L 市，某天货车车厢在她楼下惊喜打开，她就会收到这份昂贵的礼物。

爱要不要。

喜欢陈净野，就这一种爱法儿，
能忍就忍，

回程路上，因为一通电话，陈净野把她送回家，要去附近酒店的pub（小酒馆）见他的朋友，叫戴维，是陈净野一起搞无人机的技术伙伴。

祁嘉穗其实没问他。她没有这种打听他去向的习惯，是他自己随口讲的。

祁嘉穗就淡淡地"哦"了一声。

车子开到小楼前，她拽上包包，推开车门打算自己回家了。陈净野莫名其妙地笑了一声，有点儿被她气笑了的意思。祁嘉穗一只脚已经踩到地面，不由得回过身看他。

她没懂有什么好笑的。

陈净野也没解释，只朝她伸着一边脸来，由暗至明，车外的那束光照进来，不偏不倚落在他侧脸上，是好看的，还有点儿欠欠的意思。

这下祁嘉穗懂了。

咬了咬内唇的软肉，她倾身过去，亲了他一下，蜻蜓点水式。某人实实在在被敷衍到，手掌捏她要离开的下颌，咬在她唇上，在那儿装不高兴："半点儿反应也没有？"

祁嘉穗推了他的肩膀一把，嘟囔着："神经呀！我真闹起来你不嫌烦？"

陈净野圈住她的腰，不让她抽身，亲着她脸颊说："哪能？嫌谁也不嫌你，真舍不得走了，我们嘉穗真好。"

手上的包包往他身上砸了一下，祁嘉穗笑着偏头，打他那副混不吝的样子。

"谁信你呀！"

祁嘉穗扭回身，将另一只脚也踩到地面，摔上车门。车子没开走，他好幼稚地趴着车窗口看着她往小楼门厅前走。祁嘉穗被他盯得一步三回头，别扭又可爱地发疑："你看什么看？"

陈净野忽然笑起来，跟她摆了摆手，说要看她进门才放心。

二楼的灯亮了起来。

祁嘉穗拉开窗帘，他还趴在车窗外，拢火点烟，然后往上看来。祁嘉穗跟他挥手，车子这才开始发动。

等陈净野再回来，已经很晚了。

他在卧室旁边的卫生间里洗澡，隔着一面磨花玻璃，水声"哗啦啦"地响。

这趟度假，祁嘉穗带了一堆自己做的蜡烛来，沿墙点了一排，一点儿也没有防范火灾的意识。

昏黄火光在墙上摇曳数重影子，晃得她心里没由来地堵，却又一直强迫自己走神。

几分钟前，陈净野丢在床上的手机亮了屏，是姜羽给他发的消息："戴维说你来 B 城度假了，咱们见一面好吗？"

　　因为不小心点开了对话框，祁嘉穗的手指一滑，就看到了上面的聊天记录。

　　从年前姜羽就在联系他，她应该在 M 国遇到了什么问题，话也说得柔弱可怜。

　　"如果你不帮我，我还能去找谁？"

　　往前继续翻，也是姜羽隔几天就给他发一条的信息，不管陈净野回不回复，她热情不减。

　　"别这样好不好，你以前明明很心疼我，对我很好的。

　　"我听蒋璇说祁嘉穗在你的私人飞机上开派对，你还记得吗，那明明是因为我喜欢，你才特意买的啊，我知道那时候是我不好，我是真的后悔了，我好怀念咱们在苏城的日子。

　　"阿野，我喝醉了，离那家 pub 很近，你能不能来接我一下？外面有两个人，刚刚还跟我搭讪，我好害怕。"

　　……

　　一个人能有多大的自制力？祁嘉穗顶着好奇心看了几页之后，就把陈净野的手机关了，远远地丢在一旁。

　　没有必要再看下去，看下去也是给自己找不痛快。

　　她翻到的聊天记录里，陈净野从没有回应过她一句，但是他留着前女友的联系方式，也许是现实里帮过她，才会让姜羽一直觉得他们有复合的可能。

　　即使蒋璇告诉姜羽，说陈净野已经有女朋友了，说他对他的女朋友嘉穗有多好、有多爱，祁嘉穗要天上的星星陈净野都二话不说给她摘，姜羽都能觉得，祁嘉穗不过是陈净野治疗情伤的

"工具人"罢了。

等她曾经背叛陈净野的事情一翻篇，陈净野不介意了，她就会重新回到陈净野身边。

以上这些，都不是祁嘉穗的个人揣测，而是姜羽在社交软件上隔三岔五发出的情感宣言，虽然没指名道姓，但字里行间都透出一种态度：我姜羽从没有把陈净野的任何一任女伴放在眼里，包括你祁嘉穗。能让"海王"上岸的，只能是那个让他变成"海王"的人。

姜羽才是治愈陈净野的唯一人选。

其他女人的温柔小意，对陈净野来说不过是过眼云烟、片刻消遣罢了。

这个夜晚并没有这样过去。祁嘉穗丢开手机没一会儿，陈净野的手机又振动响了，一通电话打进来，备注还是"姜羽"这两个字。

几乎是压住胸口的一口浊气，祁嘉穗才把手机拿起来，滑向接通。

对面甜美柔弱的女声，立即迫不及待地哭出来："阿野，你就帮帮我吧，他们……"

声音落耳，以一种无形的杀伤力，将痛感迅速准确地传至心脏，祁嘉穗攥紧了手机，叫自己务必冷静，平着声冷冷打断她说："陈净野在洗澡，你有事吗？我可以帮你转达。"

那甜美嗓音在愣顿几秒后，像是抽干糖分一样，轻哼一声，硬邦邦又带上几分故意挑衅说："是你呀，不用了，我会自己跟阿野说的。"

紧接着对方就把电话挂了。

对方嚣张至极，好像压根儿就没有把她放在眼里。

祁嘉穗郁结到心脏突突发疼，她这会儿可以撒气地把有关姜羽的一切从陈净野手机里拉黑删除，再不济把陈净野的手机摔了，撒撒气也行。

但是没有，她把手机轻轻放在床边，整个人无力透顶。

下过棋吗？大多时候不必到最后一步，某一刻棋差一招儿，就已经知道自己不可能赢了。

负隅顽抗只会输得越来越难堪。

可她捂了一下眼睛，总想不起来自己是什么时候输的，细细算来，好像喜欢上陈净野就输了。

她的低落，洗澡出来的陈净野瞥一眼，没有深究，系着浴袍从她身边走过去，可能只当她是身上"来亲戚"了，人不舒服。

他去楼下倒水喝，看到柜子里有红枣干，放了一小把在牛奶里，用微波炉热了端上来给祁嘉穗。

他缺乏生活经验，加热时间过长，红枣片烂了，牛奶里泛出一股焦苦味。

祁嘉穗喝了一口，皱住眉头："什么东西呀？"

"红枣，你们女生痛经不是要喝这个吗？"

见他说得理所当然，祁嘉穗明明心里这么难过，捧着杯子都忍不住笑了。

"谁说的？那是红糖！"

陈净野说："差不多吧，不都是红的？补血？"

"你前女友总秀你们以前爱得那么深那么真，你连杯红糖水都没给人送过吗……"

陈净野根本就没听清楚她的小声嘀咕，重问她在说什么。祁嘉穗也摇头，瞪了他一眼说，在骂你！

陈净野完全不懂，或者不屑于去了解女孩子在感情里的口是心非。

在他面前最好不要说反话，他怕麻烦，你说什么，他就直接信什么了，他信错了也无所谓，大概率后果也是要你自己承担的。

关了灯睡觉，陈净野把她从床边拽到怀里抱着，说她既然身体不舒服，那明后天出门玩的计划暂时取消，又问她有什么喜欢的室内消遣。

祁嘉穗说："做手工、画画，以前喜欢看小说。"

"现在呢？"

"现在喜欢看你。"

他笑了，手臂环紧着她的动作，叫她能感知到他的胸腔里的每一寸震动。她的情绪立马随着他的笑声轻松起来。

真神奇呀，他的开心对她来说竟然是这么重要的事。

她逃避似的蜷缩起来，但依然是被他抱着的姿势，一只温暖手掌从她腰侧滑到平坦的小腹。

因为摸不准位置，所以随意乱动着。

"宝贝，是哪里不舒服啊，这里吗？"

祁嘉穗忽然就觉得眼酸，一低头，嘴鼻便掩进被子里，声音也变得糯糯的。她把手伸进被子里，抓在陈净野的手背上。

她低低地说："陈净野，我真的好痛啊……"

眼泪悄悄地掉进枕头里，祁嘉穗第一次体会到同床异梦的意思。

小腹上有热热的温度传来，像是供给她生命的养分。他以宠爱养着她，却叫她在感情里活得被动又寂寞。

之后两天，因为特殊时期身体不适也好，姜羽那些信息刺激得她没法儿伪装也罢，祁嘉穗实在调整不好情绪，无法对陈净野笑脸相迎。

陈净野也不是那种发现女朋友情绪不对，就立马嘘寒问暖的男人。

这人最怕麻烦，女生在他眼皮子底下一旦不对劲儿要"作妖"，玩冷暴力，他巴不得把你搁得远远的。你要烦自己烦，反正我没藏着掖着，你要自己想清楚，要走也没人拦着。

就这样，好好的度假有了火药的味道。

祁嘉穗不肯主动，陈净野也不打扰她。

他本来在 B 城就有项目，还有个临时工作室，三五个好友随便一消磨消磨，时间排一排，祁嘉穗就见不上他了。

这天，祁嘉穗的经期终于结束了，小腹的酸胀坠痛消失，人也轻松了一些。

接到宋杭电话的时候，她正在拜托社区管家米雅帮她搬东西。

小楼里的盆栽都不时兴了，而且常绿植物没什么生气，昨天闲逛发现附近有一个规模不小的花卉市场，她就换了一批三角梅和洋桔梗进来装点。

也是闲得发霉，想给自己找点儿事做。

宋杭跟陈净野同岁，但他跟陈净野又有些不同，这几年在 L 市除了念书拿证，光泡在酒肉消遣里，也没什么事业心。

早前就听蒋璇说过，宋杭今年就要回国继承家业，这是体面说法，不过是去长辈眼皮子底下领份差事，好像家里也给他安排了结婚对象。

喝酒的地方在 HUK 的露台，以前大家一帮人来玩过，记不清那次是谁过生日，是家有驻唱歌手浅吟低唱的西班牙风格的酒馆。宋杭捏着酒杯，朝异国的璀璨夜色划了一圈，似是一一致敬，又似一一告别，最后目光落在对面的祁嘉穗身上。

"其实咱们这批在 M 国读书的二代们，以后都一样，大多都是要回国的，男的继承家业，女的相夫教子，日子一眼就能看到头……嘉穗，我敬你。"

祁嘉穗怀疑在自己来之前，宋杭就已经喝高了，她跟他轻轻碰了一下杯子，浅喝了一小口，笑了笑问："敬我什么呀？"

宋杭咧嘴笑了，目光特别柔软地盯着她。他的头发有点儿自然卷，眼睛一红就有几分乖相。他像个小孩儿一样晃了晃脑袋，说："敬你呀……敬你有真心。"

祁嘉穗认识宋杭这么久，还没听他说过这样的话，这会儿都不知道该不该笑，于是拍了拍他问："你头疼不疼？自己开车来的吗？找个人送你回酒店吧？"

宋杭反手握住祁嘉穗搭在他胳膊上的手，顿了顿说："我刚认识你那会儿，心思不纯，后来吧，也不知道怎么回事，不知道是不是越吃不上就越馋，男人就这么贱吧？可我真喜欢你了。"

祁嘉穗立马抽回手，不能任由话题发展下去，否则之后朋友也没得做。

"你喝醉了。"

都是聪明人，一点就透。

宋杭露出一点儿苦笑，抹了一把脸，点了点头配合说："对，我喝醉了，就不送你回家了，你叫陈净野来接吧。"

"那你呢？"祁嘉穗拿起手机给陈净野打电话，电话一直在响，但是没有人接。

"我就吹吹风，"宋杭望望四周，见她一直打不通电话，就仗着酒劲儿吐槽，"陈净野怎么回事啊？老不接你回家。"

陈净野平时事多，消遣也多。祁嘉穗的确有好几次给他打电话的时候，他那头都没有接听。不过她之前从没介意过。

一开始，她在这段感情里就已经把姿态放到最低，他偶尔的甚至经常的忽略，她也习惯了。

仿佛在这个人身上，她失去了计较得失，生气发火的能力。

这会儿宋杭一提，说完又故意笑了笑感叹，几分真几分假："看不惯他不珍惜你，太浑蛋了。"

祁嘉穗也没生气，只是有点儿难受。

她是一个在感情里很早熟的女生，看言情小说启蒙的时间都比正常女孩儿早。

她对爱情有过那么多幻想，希望被人妥善地喜欢，渴望被人轰轰烈烈地偏爱。

可最终那些肥皂泡被陈净野的出现一一戳破。

他把她理想的爱情弄得一团乱，然后用怠慢和宠爱慢慢调教她，驯化她，让她明白，也不得不接受——喜欢陈净野，就这一种爱法儿，能忍就忍，爱要不要。

回家路上，祁嘉穗想了很多，最终又压下心里的那点不甘。

路过社区便利店，她停了脚步，想到刚来 B 城进小楼陈净野按着她在衣柜亲，于是走进灯光里，在货架上拿了一盒计生用品。

付钱的时候，她都在心里一声声叹气骂自己：祁嘉穗啊祁嘉穗啊，你活得可真是窝囊又好笑，好几天了，人家都没想着哄你一句，你倒好，主动来买计生用品。你可真是女人的骄傲。

祁嘉穗在社区门口跟值班室里的米雅打了招呼，对方夸她今天真好看。祁嘉穗穿一件白色的长款大衣，把计生用品藏在怀里，腼腆地弯着唇。

B 城的雪停了。

早上睡醒那会儿，铲雪工刚清过道。此刻的深夜，社区马路上没什么车，两侧堆得雪白。偶尔有灰鸟掠过枝头，碎雪"簌簌"往下掉。

小楼门前的感应灯自动亮起。祁嘉穗进门换鞋，才惊觉一楼客厅的灯是亮的。

陈净野已经回来了？

她甚至没来得及反应，只见玄关柜上放着一只小羊皮的女士手包，是祁嘉穗从来都不会背的设计师款式。

好像兜头一盆冷水浇了下来。

好像刚才她躲过的那些树梢的碎雪都掉进她心里了。她脱了外套，也像丢了理智，聪明人这会儿是不会上楼自找难堪的。

何必亲自去看？

整个二楼都是主卧，附带宽敞的衣帽间。上楼就是一间会客厅，很大。祁嘉穗摆了一些花在桌上，那张米灰色沙发很软。

推开门，祁嘉穗看见的就是女人的半侧裸背，系着两根带子，比陈净野身上的浴袍还要白。

陈净野手里夹着烟，烟雾在谈笑间溢出，笼罩了他一身。

"我要是不想帮你，怎么办？"

祁嘉穗的手愣在了门把上，她那一刻心里竟然也在想：怎么办哪？

姜羽扑上来要吻陈净野。陈净野不感兴趣地微微一偏头。

也是那一刻，他看到门口呆若木鸡、眼眶含泪的祁嘉穗。

祁嘉穗觉得自己站在门口就死了一次。

她想，他该如何慌乱地解释呢？没法儿解释了，他都跟他前女友搞到她眼皮子下来了，她都亲眼看到了！

可陈净野没有，他只是微惊了一下，稀松平常地说："你回来了。"

他竟然还记得这是他们一起度假的地方？他毫无顾忌地带女人回来，毫不在意地说"你回来了"。

祁嘉穗忽然笑了，哭着笑得泪流满面，笑到发现女主人回来了的姜羽快速裹了外衣，一脸忐忑地看着她。

姜羽不排除这个女人被刺激疯了。

谁都知道祁嘉穗有多忍气吞声，有多爱陈净野。

像是看不见会客厅还有另一个女人，陈净野朝祁嘉穗招手，低沉的嗓音还是那么轻柔好听，带着点哄的意思。

"过来，我给你擦擦眼泪。"

听到这话，祁嘉穗怔了一下，像提线木偶似的朝前迈了一步，整个人哭傻了，一步似有千金重。

可她又觉得自己浮起来了，周遭天旋地转。她无所依凭，根本站都站不稳。直到有人碰她的脸，她的眼神才有了落焦的地方。

陈净野起身，迎到她面前，捧着她的脸给她擦泪。两个人之间距离这么近，祁嘉穗看够了他，又讪讪地将目光转开，四处看着。

整个人浸在痛苦到极致的麻木中，她不知道她没回来的时候，眼前这个男人带女人回来做了什么。

她呢？

她那时候在干什么？

她在 HUK 听了宋杭说他不好，打他电话没人接，自己一路吹冷风回来，还在替他"洗脑"自己，替他开脱。

哦，她还买了计生用品，好好笑啊。

她的脸在外吹得很凉，这会儿被他掌心抚摸着格外熨帖，她却忽然清醒，不再贪恋这点儿温暖，伸手去抓陈净野的手掌。

她终于有了动作，眼底也泛出活气。陈净野还在等她的下文，只见祁嘉穗吸了吸鼻子，下一秒将他的手从自己脸上拉开。

她仰头看着他，有点儿如梦初醒的虚浮，轻声说："我……刚刚打扰你了吧，嗯……咱们分手，分手吧。"

她纯净的眸子里盛着破碎的泪光和大雾般的凄茫，好像迷宫里误打误撞走到出口的人，忽然看见天光大亮。一场游戏就这么结束了，叫人猝不及防。

"你说什么？"陈净野眯起眼睛，扯她的胳膊，将她往身前一带。

屋子里仿佛没有姜羽这个人，只是祁嘉穗不喜欢这种被人看戏的感觉。

祁嘉穗挣开手，声音忍不住地颤。

"分手！"

"我受够了！我受够你了！浑蛋！"

连被"捉奸"那一刻，陈净野都没有波澜的脸色，在祁嘉穗这两句话里迅速阴沉下来，仿佛可以接受天塌了，但是接受不了被乖兔子咬一口。

不是一贯很乖的吗？

不是最喜欢搂着他脖子撒娇，不是喜欢给自己起腻歪昵称一通乱喊，不是喜欢没完没了跟他亲热的吗？

陈净野被刺激到眼梢紧绷，连对错都直接跳过不辨，冷笑一声说："受够了？随你呀。"

祁嘉穗攥紧了拳，对他已经无话可说。

瞪了一眼作得意表情的姜羽，祁嘉穗径直去卧室翻身份证和护照，然后抓着证件就跑下了楼。

陈净野听着那些翻抽屉、合抽屉的声音，烦躁地点烟，偏偏越心烦越点不着。最后点着了烟，祁嘉穗也从他面前跑走了。

那打火机挺可怜的，合都没合上，就直接被砸在了地毯上，又弹出去老远。

男人阴郁的眸子里压着浓重的墨色。

姜羽尴尬地站在一旁，刚想开口就被陈净野驳回。

"闭嘴！"

事情没做成，此刻姜羽不知道求陈净野的事，被祁嘉穗这么一打断是否还有下文。

现在祁嘉穗当场跟陈净野说了分手，她又觉得机会来了，哪怕顶着被骂的风险，她也不可能按兵不动。

她目光温柔，好似一朵解语花："阿野，其实你跟她在一起时我就不明白，像她那样的小姑娘，根本不懂你，留在你身边也是讨你的烦。"

短信发出去，陈净野看了一眼手机屏幕上的时间，随即像受够了噪声，冷冷笑道："你就懂？"

姜羽表情愕然。

陈净野轻声嘲讽："你看，你根本不懂，所以别再乱猜谁懂我，总归不会是你。"

说完陈净野起身，把女人搁在一边，他进了衣帽间换了一身衣服，出来的时候从皮夹里翻出一张名片，他走近了，扔到姜羽跟前。

"你惹上 E 国人的事，找这个人。他肯不肯帮你，看你自己的本事。"

姜羽捏着那张救命名片，"难堪"两个字已经被掀到脸上。可至此，她还惦记着陈净野。

明明看他换了衣服出来，心里就已经有了猜测，但她又不敢信，或者是不愿去信，陈净野也有肯低头迁就的一天。

没有人比她更清楚陈净野这些年的变化有多大。在姜羽看来，他已经没多大概率能谈什么正常恋爱，哪怕是祁嘉穗留在他身边这么长时间，她也不觉得是陈净野多喜欢。只是祁嘉穗太能忍耐又不生事，陈净野没什么机会甩掉她罢了。

可刚刚的分手是祁嘉穗提出来的。

"你要去哪儿？"

"你说呢？"陈净野咬着烟，好像多看她一眼都嫌烦。

其实以前不是这样，他挺喜欢看的，看她市侩谄媚的下限一低再低，看她在物欲里泥足深陷，就像观察实验里的数据一次次更新，他挺满意的，果然是不出所料的恶心。

但此时此刻，他觉得一点儿意思都没有。

陈净野捡了打火机，走到门边回了身，一双狭目居高临下地睨着地毯上的女人，音色更冷了几分。

"话我只说一次，你最好听清楚，从现在开始，少自作多情。以后你是死是活，都别再来找我。"

Chapter 06
偏爱

她也能溺死在这样的 **宠和爱** 里。

即使那不是他全部的认真，

他总会把偏爱和纵容给她一个人，

顶着满脸泪水和一口怒气冲出门，祁嘉穗才发现自己不仅没穿外套，连鞋都忘了换。她穿着一件单薄的白色毛衣裙，趿着室内拖鞋，光攥着几张证件就一根筋地往社区门口冲。

她瑟缩地抱着胳膊，眼泪被夜风吹得冰凉，回身看那栋亮着温暖灯火的小楼。

祁嘉穗权衡了一下，再回去拿一趟东西好丢脸，她宁愿在外面冻死。

她正下了决心要走，值班室窗口忽然打开，一个金色的卷发脑袋探了出来。米雅热情地喊她："亲爱的，这里有一份账单，麻烦你现在清缴一下好吗？"

"什么？"

"你们家上个季度的草坪清理费，我上次忘记合算进去了，所以账目一直有问题，你方便现在过来填一下表吗？"

祁嘉穗站在冷风里，像一只快要冻僵的小鸟。她目瞪口呆地望着洋溢着笑容的米雅，此刻她已经泪流满面，米雅看不到吗？

她从哪里能看出来方便？她刚刚分手，她简直不方便死了！

米雅见她一动不动，要跟她强调事情的严重性："快过来吧，亲爱的。如果这笔费用现在不清缴完，我想你们家明天可能会停电，那就太糟糕了。"

祁嘉穗又呆了呆："什么？不是……不是草坪清理费吗？为什么会停电？"

米雅愣了一下，接着露出更大更灿烂的笑容来："嗯……我想这其中的一些联动关系我说出来你可能也无法理解，我就不浪费口舌了，总之没错。亲爱的，你现在来填一个表就对了。"

祁嘉穗看了这么多言情小说都没有看到过，女主角刚伤心分手，不能潇洒走人就算了，还要给浑蛋男主角缴费。

此时全世界不应该给她配一首悲伤的背景音乐吗？为什么会有个外国女人在她耳边用英语循环念缴费！缴费！缴费！

她都跟陈净野说分手了，还要帮他缴草坪清理费？凭什么？他算老几呀？这是什么比悲伤更悲伤的事！

太惨了。

她在值班室填表都填哭了，好几次崩溃到用手捂着脸，一边哭一边用英语哽咽抱怨："为什么你不去找陈净野？"

米雅满眼怜爱，给她递纸巾擤鼻涕，柔声道："你是他的女朋友呀，你们是一体。"

"见鬼的一体，现在不是了！从来都不是！我已经跟他分手了！"祁嘉穗简直要哭昏头了，脑子像挤着一堆泡沫，又黏又糊，电话号码都填错，又用黑线画掉重来。

米雅拍了拍她的后背，顺着她一下又一下的哭嗝。她安慰的话不仅一点儿也不走心，甚至相当啰嗦："哦，那可真是个世纪遗憾，你们看起来真像是天造地设的一对，天哪，这真是难过的事，我为你们感到深深的遗憾……"

祁嘉穗只觉得脑瓜子"嗡嗡"的，一栏接一栏地填，然后遇到困难填不下去了，转过头看着米雅哭唧唧地说："这一栏要填什么房号代码呀？我不知道，房子是陈净野的，呜呜呜……"

米雅说："那你打电话给他问问吧。"

祁嘉穗瞪大了眼睛："？？？"

她都说她跟陈净野分手了！

祁嘉穗狠狠地擦了一把泪，觉得自己这一晚受的委屈已经够多了。她直接狠狠地扔了笔，用英语大骂道："让陈净野去死吧！谁在乎欠费？请立刻让它停电！非常感谢！"

蹦出最后那句冷若冰霜的英语感谢，祁嘉穗用力摔了值班室的门。不管米雅探出脑袋怎么请求，怎么喊她"亲爱的"，她也不再回头，直接朝社区外走去。

搓着手臂走出社区，没多远的一段路，祁嘉穗就快要冻得四肢僵硬了。

她是真想笑自己。图什么呀？真是头脑发热找罪受。沉溺爱情的时候，只想着来 B 城看雪，人清醒了，才想起来，B 城的冬天是出了名的寒风肆虐。

哪儿有什么浪漫？

街道空无人影，冷风呼啸，她不得不怀疑，这么走下去，自己这晚可能要冻死在街头。

脑子回放着和陈净野在一起的点点滴滴，她的脚指头冻得发僵。她拖着步子，漫无目的地朝前走。

"嘉穗。"

又过了两盏路灯，忽然听到有人在身后喊她。

熟悉的音色叫她脚步一顿，她眼里转着闪烁的泪花，慢慢回过头。

陈净野就站在十几米外，呼吸间溢着淡淡白气，冰雕玉琢的一张俊脸，像是刚刚才追过来，气息还有点儿不稳。

祁嘉穗满身的怨气，沉默不语。

陈净野轻叹，给她一个台阶下："不冷吗，穿成这样就跑出来，非要犟？"

听到这话，她双眸立马不可思议地瞪大，眼泪不受控地往外冒，漫过下眼睑，掉在 B 城的雪夜里，一经空气，冷得像细细的冰刀在脸上割。

祁嘉穗实在难以理解他此时的淡定，她穿成这样跑出来，是因为犟吗？

眼泪再度决堤，她哭得伤心欲绝。

"你太过分了，陈净野！你还想我怎样，留在那里看你和她表演吗？你到底把我当成什么呀？"

陈净野看着她满脸的泪，分析着此时她是否还有理智听解释，或者就这么随便哄哄就算了吧。

但她现在哭得太凶。

陈净野从没怎么哄过人，连他亲妹妹都难从他这儿讨到什么慈眉善目的优待，此刻他心里没底，没把握随便哄哄能不能把这小姑娘哄好。

立时也有几分头疼。

他甚至想着女人实在烦，有什么脾气可闹的？能不能好好听人说话？于是干脆不管她了。她在外头过不下去了，冷了，饿了，自然会回来的。

可他实在狠不下这个心。

祁嘉穗像有毒似的，但凡一哭，陈净野就跟着心疼。他明明应该烦，明明应该反感这种随随便便掉两滴眼泪就能迫使他让步的情况。

他无可奈何地叹了一声。

陈净野叉着腰，深深吐气，逼自己拿出几分耐心，声音也放轻了些同她说："什么表演哪？宝贝，你真的误会了，我跟她早就——"

祁嘉穗哽咽着，厉声打断他："你不要喊我'宝贝'！呜呜呜……你根本就没有拿我当你的宝贝，我不过是你可有可无的消遣，往难听了说，也就是 L 市能合你心意的华人女生太少了，要不然也不会轮到我呀？你眼界多高，你多会玩，我现在不过是你食之无味、弃之可惜的一块鸡肋罢了。可是这些我都不在乎了！你能不能给我一点儿起码的尊重啊！我已经睁一只眼闭一只眼了，我还不够能忍吗！你为什么还要乱搞，搞到我眼皮子底下！考虑一下我的感受有这么难吗！"

她嘶声说着，最后嗓音都喊哑了，灌了冷风一连串地咳嗽，整张小脸都咳红了。

陈净野是真担心她要被冷风呛死，刚想迈步上前。

祁嘉穗就朝后退去，大声喊着："你别过来！"

他的耐心真就用完了。

哄她，她不要；解释，她不听。陈净野什么时候花过工夫听小女生说这些七七八八的？这还是站在冷风口上。

"好，我不过去了，"他面容沉沉，话说得赌气又冰冷，用最平淡的语气刺激对方，"所以你就是受够了，不管我说什么你都不会再回来了？是吧？"

看看这个人，耐心少得可怜，脾气却又比谁都坏。

祁嘉穗斜眼看着他，仿佛瞬间将他那副美好皮囊下的劣根性全部看透，脑袋里不合时宜地闪过往日那些甜蜜画面，在挣扎和动摇里，她轻飘飘吐出一个字："是。"

她带着报复一般转头就走，没走两步，身后就传来陈净野暴烈又冷硬的威胁。

"好啊，你走！这一带晚上有多乱，我不跟你多说。老子今晚不睡了，明天天一亮就去警察局替你挂人口失踪！"

陈净野放出这句狠话，空气仿佛静止了几秒，祁嘉穗愣在了原地。

寒风瑟瑟地吹，她回头看他，知道他所说不假。M 国晚上很乱，但祁嘉穗完全接受不了在这种情况下，他竟然说这样的话。

"吓唬你的，别这么看着我。真放不下你，你一冲动就乱跑，我去哪儿找你？"

看她这样，陈净野也是真的觉得心里不好受，软了声音，也换上温柔的笑容，朝她张开手臂，一句句轻声地哄着。

"穿这么点儿就往外跑，冷不冷？过来，我抱抱。有什么事咱们好好说不行吗？嘉穗，别冲动，算我求你。你要真想离家出走，我待会儿带你去找个酒店开两间房。你待着，我就住你隔壁行吗？你连解释都不听，就非得赶着冷往外跑，冻坏了叫我心疼吗？"

祁嘉穗觉得自己就像菜市场里的一条鱼，在不情愿的情况下，脱水被抓到了案板上，长刀久悬不落，她奋力挣扎，用尽了全部力气，终于豁出去了，闭上眼睛说死就死吧。

摊主却又把她放进了氧气池里，温柔地摸了摸她说："快呼吸呀，笨蛋，我好心疼你，我不要你死。"

那条鱼，还会再跳出池子求死吗？

不会了。

所有的力气都折腾完了。

祁嘉穗又再度泪崩，哭得整个肩膀都耷拉了下去。她摇摇颤颤地一步步往回走去，满地的声嘶力竭像个笑话一样，被陈净野不费力地扫到了一旁。

她这一脸的泪，像小丑的面具一样难堪。

陈净野伸手抱住她，用敞开的外套裹着她，温热手掌轻揉她脑袋，祁嘉穗冰冷的耳朵也被他用唇轻轻蹭着。

说话的气息拂到了耳郭，痒痒的。

他好像真的心疼坏了一样，抱着她，这儿碰碰，那儿摸摸，要亲手确认她完好无损地回到自己身边了，悬在心头的那口气这才安稳吐出来。

"冷成这样还要跑，冻出毛病来怎么办？你要真气，我就站着不动给你打一顿行不行，我知道你不想看到她，我也不知道你会突然回来，赶走就是了。那是咱们的家，你做主，犯得着为了她生气？你这笨蛋脑子怎么想的主意，就赶着冷往外跑，自个捞不着好，还非得这么折磨我？"

祁嘉穗在他的怀里哭，真的用拳头打他。

"你怎么可以这样！你太过分了。你不能仗着我喜欢你，就这么欺负我。你不可以！你能不能心疼我一点儿啊？陈净野！"

陈净野捧着她的脸，屈起手指，用指背擦去那些冰冷的泪，然后细细密密吻她的脸，温声说着："怎么不心疼？都快疼死了。你就非要我把命给你？"

"要是不心疼，我管你跑不跑？嘉穗，你真冤枉我了，你哪次三病两痛我不是全程在医院陪着，你想要什么我没给你，你怎么老是不记我的好啊？"

他还冤枉？

祁嘉穗又气哭了，哽着声，用拳头使劲儿照他的胸口打着："我不记你的好？我就是太记你的好了！我没脑子一样地喜欢你，你才会这么欺负我！陈净野，你太过分了！"

陈净野抓着她的手，送到唇边亲了亲，发现她的手指凉得像冰，又把她的手搁在自己的衣领里取暖。

他目不转睛地看着眼前的小姑娘哭到鼻尖和眼眶都红红的，一声声抽噎，仿佛下一口气都要喘不上来。

心都要疼死了。

"我哪儿敢欺负你？喜欢你还来不及。"

祁嘉穗哽咽着，撇开脑袋："花言巧语！"

"那也只说给过你一个人听，真的，就你一个人。"

她愣了一下。陈净野就在她走神的这一瞬间，扳过她的脸，低下头吻她，吻得又深又温柔，吻到连祁嘉穗细微的抽噎都慢慢停住了。

雪夜拥吻，他尝了她的泪。

陈净野把人往怀里搂，用自己的体温暖着她，紧紧地一刻也不松。祁嘉穗身上熟悉的香气叫他又庆幸又安稳。

所谓异国风情也就那样，陈净野是真喜欢怀里这个小姑娘，又乖又甜还不黏，他们在一起这么长时间，还从没真正意义上吵过架。

这是头一回。

祁嘉穗这么一哭，他就觉得更爱她了。

烦也要把人先哄回来。

祁嘉穗嗓子里的哭腔未消，大概哭得有点儿缺水，说话发黏，难受地问他："陈净野，我真的看不透你，你为什么不能好好对我呢？"

这问题太深奥，陈净野懒得动脑子想。

他直接打横抱起祁嘉穗，朝小楼方向走去，嘴上敷衍应着："好，好，好，咱们回去说行不行？别在这冷风口上站着。回去听你的，你想怎么好就怎么好，行吧？"

祁嘉穗这才真跟他犟起来，蹬着小腿说："我不回！我不回！你都带别的女人回来了，我不回那个地方！"

"你再冤枉我？说了跟我没关系，是自己找上门的，现在已经让她走了。"

祁嘉穗还是过不了自己心里那关，情绪不稳，红着眼睛："那，那……"

她脑子哭昏了，这会儿逻辑不清，语言也理不明白。

陈净野就哄她，跟她好声好气地打着商量："就别'那'了。你这么抽着哽着，我这心脏也跟着一突一突的，我来 M 国前还在大学生游泳锦标赛上拿过奖呢。摊上你，我心里不舒服，身体迟早也被你搞垮。你就省点儿力气别哭了，放过我行不行？"

怎么就说成是她的不对了？

被人打横抱着，走路回家又颠簸，祁嘉穗怕摔，就用手臂扶着他的肩。

她脑子有点儿糊，用清澈的眸子狠狠瞪住他："可是你就是错了！"

陈净野也态度不正经地认了："行，我错了，回去要杀要剐都由着你高兴，可以了吧？"

"谁说要杀要剐了！"

祁嘉穗的脸蛋都被气热了。

下意识就伸手要打他的口无遮拦，刚好走了一截路，陈净野把她朝上颠了颠，想抱稳她，她那本该落在陈净野肩上的一巴掌，直接越了位，不偏不倚打在了陈净野的脸颊上。

"啪——"

气温太低，冻得人筋骨软，力道不重，但声音很脆，立马浮出几道指痕。

陈净野维持着脸被打偏的姿势，抱着她，步子都停了。

祁嘉穗讪讪地收回手，自己吓得不轻，瞪大了眼睛，语无伦次。

"不是，我，我不是……"

她想解释。

陈净野转过头，眸子黑沉沉的，很不爽地看她："祁嘉穗，我活了二十多年，我爸妈都没打过我的脸，你很厉害呀。"

祁嘉穗慌得不行，连连摆手摇头："不是，我不是故意的，我没想……"

陈净野戾气十足地打断她："你打都打了，能不能笑一笑？再不行，我这边再给你来一下？"

他偏了另一边脸来对着她说："要你一个高兴怎么就这么难呢，来，你打，你打高兴了就成。"

被他这样哄着，祁嘉穗又觉得自己被捧到了心尖。

他总会把偏爱和纵容给她一个人，即使那不是他全部的认真，她也能溺死在这样的宠和爱里。

她忽然疲惫至极，像一只乖猫一样缩在陈净野怀里，他身上淡淡的沐浴香气在她的呼吸里游走，是熟悉的又有点儿安神的味道。

折腾了一个晚上，全是无用功。

他招了招手，她就像故意耍性子的小猫，对主人毫无抵抗力，又重新跳进了他怀里。

只要他抱抱她、亲亲她，她就心满意足，不舍得再继续生气了。

她气自己很窝囊，气急了，也只敢通过咬陈净野的脖子发泄一下。

陈净野被她的细牙咬得心痒，冷笑着撂下狠话："你再咬？你就紧着这段路折腾我吧。"

离家不远了。

回了社区，米雅看到陈净野抱得美人归，趴在窗口，朝他眨了眨眼睛。

陈净野也回了她一个胜利的眼神。

祁嘉穗当时气得夺门而出，他就发信息给米雅，托她帮忙留住人，省得他找过去的时候，人已经彻底跑没影了，凭空增加找人的难度。

祁嘉穗真是好骗。

就这么没心眼儿的小姑娘，他怎么舍得她晚上出去乱跑。

这会儿在他怀里乖乖的，陈净野反而生出一种非常陌生又叫他难受的歉疚，因为姜羽那档子破事，叫祁嘉穗又气又遭罪，好好地被他带出来玩，下飞机的时候还那么高兴，现在却可怜成这样。

那点儿恶趣味的报复，在祁嘉穗面前忽然不值一提。

回了小楼，陈净野直接把祁嘉穗抱到了楼上，他本来要在会客厅的沙发上把人放下来的，祁嘉穗蹬着小细腿抗议。

"我不要在这里！"

陈净野就再挪几步，直接把她丢到了卧室的大床上。

大床松软，她的身子朝下一沉，随即又弹起来。

"我在家刚洗完澡，她就敲门上楼，是自己脱的衣服。要不我拿瓶消毒剂给你？你看着，哪儿不对劲儿你就消消毒。再不行，明天一早，我叫人直接过来把家具全换了？"

进门就见祁嘉穗那双通红的眼睛像扫描仪似的四处看。

陈净野遇到过太多"知情识趣"的女孩子，这场面真第一次遇见，哄也不知道怎么哄。

祁嘉穗抱着腿在床尾不说话，缩成小小的一团，可怜巴巴的样子。

陈净野给她扯了被子披在身上，去洗手间拧了一条热毛巾，坐在她的旁边，把她的脚放在自己的腿上。

祁嘉穗吓了一跳："干什么？"

陈净野没说话，把她的两只白色棉袜粗暴拽了下来，认认真真地擦起脚，擦完一只换另一只，擦干净，又换一条更热的大毛巾来，将她的两只脚包裹起来。

这样的雪天，她穿拖鞋跑出去，整个脚丫子早就冻得没知觉了，这会儿被热毛巾一焐，暖意一点点回归。

她垂了垂睫毛，觉得心里也有点儿什么东西慢慢化开。

面前这个男人，富家少爷出身，打小就对所有的讨好奉承司空见惯，他不认真对待感情实际上是一种对女性的轻视，或者是受过什么刺激，觉得女人不配得到他的专一。

很多寂寞的日子里，她把陈净野分析了一个透彻，他有多坏，她比谁都清楚，即使清楚，也还是逃不脱。

大概是她始终能在委屈不甘里，感受到他的好，哪怕是一星半点儿。

很多问题放在以前，祁嘉穗根本不敢去问，总怕那层窗户纸被捅破的结果，是自己远远不能承受的。

可这个夜晚，已经破罐子破摔到这个程度，她也没有任何顾忌了。

"陈净野，你喜欢姜羽吗？"

陈净野给她焐脚的动作一松，揉了揉她的脚心叫血液尽快流通："胡说什么？别听外头乱传。"

"可是你不跟我说呀，我只能听别人说了。"

小姑娘的声音好委屈。

陈净野有时候真就觉得，祁嘉穗身上肯定有点儿什么问题，他从来不是那种扛不住女人温言软语的"直男"。

正相反，丰富的经验不仅让他耳朵变得判断力十足，还特别挑剔。不合时宜的撒娇他一听就懂，一懂就烦，所以很讨厌女人玩一些弯弯绕绕的小把戏。

可祁嘉穗不同，她一撒娇就操着一口苏城软调子"咿咿呀呀"，该活泼的时候活泼，该可爱的时候可爱，他就喜欢死了。

"你要我跟你说什么？都说了不喜欢了，怎么讨厌也要跟你分析一遍？"

祁嘉穗垂下眼睫，不再追问了。

他像怕了她似的，硬邦邦地问："不是这也觉得我凶吧？"

祁嘉穗把下巴磕在膝头，小声说道："有一点儿。"

那少爷甩了毛巾，直接气笑了："我把你供起来吧，'祖宗'。"

祁嘉穗没忍住，也抿嘴笑了。

她还在心里偷偷编派他，敢这么欺负"祖宗"，还真是个"不肖子孙"。

Chapter 07

美 梦

这美梦 **真糟**。

那些肥皂泡，仿佛就在水里碎得一干二净。

其实祁嘉穗差不多知道姜羽跟陈净野的过去，毕竟跟他在一起这么久，如果这点儿事也打听不上来，那也太没用了。

那不是什么美好的回忆。

他大概以前喜欢过姜羽，想想那会儿他刚上大学，还不喜欢顶着家里给的大少爷身份四处招摇，十八九岁应该挺单纯的。

女朋友真当他是个徒有其表、一穷二白的大学生，一边"吊"着他，图他这张脸，一边为了钱跟别的男人在一起。

冲击应该挺大的。

因为真情实感过，所以才会这么恨。

M 国的华人圈子小，两个人有机会遇见也是意料之中，陈净野从来不提旧事，态度摆得模棱两可，姜羽自有不甘，就自导自演出一副跟陈净野旧情难消的样子。

惩罚一个贪心者最好的方式，就是给她虚无的诱饵，让她总抱有巨大期待，却永远得不到满足。这是陈净野之前不回应又不绝情的惩罚。

祁嘉穗想通过，想通了也不开心。

夜灯昏暗，整栋小楼都是静的。

祁嘉穗抿了抿唇跟他说："你有没有想过，你不喜欢却又不彻底拒绝，会让我很难过。我是你的女朋友呀。"

陈净野抬眼，见她眼泪又"吧嗒吧嗒"往下掉，就伸手去擦。她反而情绪更失控，那眼泪就跟水龙头坏了似的收不住。

"行了，别哭了。"

这一晚真挺糟心的，他叹到自己没气可叹，直接把手机拿出来，递到祁嘉穗眼前。

"你看看，有什么叫你难过的，你都删了行不行？你真是我'祖宗'，你再哭，这眼睛都要瞎。"

祁嘉穗把陈净野的手机攥在手里，不确定他话意真假，还是就是随便哄哄。

陈净野见她不动，把手机抽回来打开，找到姜羽的联系方式，捏着祁嘉穗的手指，在屏幕上一滑。

小弹框跳出"是否确定删除"，他看也没看一眼，点了"确定"。

"开心了？"

祁嘉穗抿着唇不说话，陈净野就把她搂在怀里，带着她一块儿看自己手机，但凡祁嘉穗问什么他都一五一十回答。

祁嘉穗哭过的嗓子还没缓过声儿，有点儿糯，她伸出一根细白的手指指在屏幕上："这个珍妮弗是谁？"

陈净野说："你不认识。"

"那我要把她删了！"

"删，随你。"

陈少爷一贯不肯放下身段哄人，但也不是不会。他真费心哄起什么人来，对方绝对开心得不得了。

陈净野把她抱在腿上，面对面，摸一摸又亲亲她的眼皮，说她眼睛红得像小兔子，祁嘉穗眼周被他碰得有点儿发烫，跟他翻旧账，也不是多旧，就刚刚在会客厅那会儿，她说分手，他就说随你。

"我真的觉得，我对你来说就只是一个可有可无，召之即来挥之即去的人。"

祁嘉穗说着，声音又有点儿哽咽。陈净野连忙抚了抚她单薄的背，把手臂一环，将她紧紧搂在怀里，贴着她耳朵说："怎么可能？我当时是被你气到了。"

谁气谁呀？

心里立马又有一大股委屈要往外冒，祁嘉穗挣开他的双臂，要跟他讲理。

"你有什么好生气的？又不是我带人回家，你慌都没慌一下！"

陈净野说："我干吗要慌？我又没做什么亏心事。可你忽然说分手，"他重新抱住祁嘉穗，将脸埋在她颈窝里，声音低低的，"我接受不了。"

"我只是一下被刺激到，我以为你们……我不是真的要跟你分手。"

祁嘉穗怔着，声音越说越小，她有点儿不愿意这样说，不想让他知道原来她这样舍不得离开他。

可陈净野是坦荡的，直戳人心。

"随便说说也不行。随便说说也受不了。"

他看着祁嘉穗，修长手指捋她耳边的头发，机械的动作一遍又一遍，怎么也不腻似的。

那是一个完全属于陈净野的世界，她沉浸其中，心无旁骛，可她能感觉到内心深处生出一种细微警惕，像必败的城邦，加固了一层并不坚固的围墙。

她在努力招架未来可见的溃败。

"陈净野，对我好一点儿吧。"

她伏在他的肩膀上，小声地说着。

他可能都没有听见，只是单纯哄她，宽大的手掌轻轻摩挲着她后脑的长发，问她最近有没有想要的东西。

他在这种事上往往诚意十足，从不是草草一提，总会提几个时兴的建议，哪怕真什么都不想要，也可以在他价值不菲的选项里挑一挑。

祁嘉穗不想挑，靠着他，故意用俏皮的声音说："我想要的，你买不起。"

祁嘉穗情绪缓过来了，晚饭都没吃，也不是很饿。她懒得点外卖，穿着拖鞋下楼给他做饭。

留学生如果没有特别的兴趣爱好，极大程度上会发展厨艺。

祁嘉穗就是其中之一。

开始是打发时间做着好玩，后来陈净野特别喜欢她做的菜，说比唐人街的馆子还要正宗。她的厨艺，渐渐就伴随着褒奖一骑绝尘。

她也不是多爱做饭，下厨房的次数也不多，只是很喜欢陈净野陪着她在厨房跟锅碗瓢盆周旋，那种感觉很温情，好像这样的日子会很长久。

锅里的油遇水后"噼啪噼啪"地飞溅着，她看着一股股朝上涌的热气，回想起这个荒唐的晚上，自己都有些回不过来神。

怎么就从"捉奸在床"，变成给陈净野洗手做羹汤了？

她脑子正乱，陈净野就从身后把她腰搂住，就跟她身上有什么叫他上瘾的气味似的，埋在她颈窝又亲又嗅，咬她耳垂说话，声音里透着一股欲气，很性感。

"宝贝，我收到你送的礼物了。"

"嗯？"祁嘉穗偏头一愣，她没有送他礼物啊？

"我现在就想试。"

他从身后贴过来搂着她，祁嘉穗瞬间懂了，她买回来放在客厅的计生用品可能被陈净野看到了。

她攥了攥铲子去翻锅里的菜，别扭了半天说："能不能先吃饭呀……"

见她红了脸，陈净野更等不了，直接动手扛人。

"不能。"

祁嘉穗急得拍他背："关火！火要关！"

事后，他点着烟，跟她说下次计生用品不要买这种三只装的。祁嘉穗搂着他的脖子，他单手托着她的脸，移至眼前亲吻，付诸一贯的强势，另一只搭在她肩上的手，指尖的烟灰兀自燃尽，吻到深处，在她背上不慎掉落一截烟灰，颠滚四散。

温热灰烬染透白玉脊骨，跌至往日，灼醒夏日浓荫下的一张脸。记忆里的那个人，忽而面目不清。

只道是风月无情。

经过那次在 B 城度假的一通闹剧争吵，再回到 L 市后，恢复日常生活，他们之间的感情反而像是升温了一样，甚至比以前还要更好。

祁嘉穗继续当"装聋作哑"的女朋友，因为她的"懂事"，陈净野也越来越爱她，越来越离不开她。

祁嘉穗不想去找他的时候，他甚至会主动带着换洗衣裳，挤进祁嘉穗的公寓，一待好几天。

有时候，陈净野打着帮她写课程论文的由头，把她弄到抬胳膊的力气都没有了，她只能卷着被子，趴在旁边口述。

陈净野裹着浴巾，叼着烟，坐在床边替她打字。

实实在在帮她写了论文。

这种平静无比又蛰伏凶机的表象，到了大四那年的春节才打破。

陈净野的妹妹陈舒月订婚，订婚对象是陆奇。

陈舒月那样一个体育白痴，之前为了能让哥哥带着好友陆奇来自己的学校看比赛，硬是不怕耻笑地报了八百米。

少女暗恋成真，是一件讲出来就很美好的事。可惜这份融洽的气氛，在陈净野出现后立马被打破。

陈舒月拉着祁嘉穗的手，笑嘻嘻地向陈净野介绍说："哥，这是我高中的好朋友，祁嘉穗。对了，她也在南 S 州大学读书，不过你们的专业不一样，她是读设计的。你们是一个学校的，好巧。"

陈净野微微惊讶，看着对面的祁嘉穗，心里不住地冷笑。

巧啊，可太巧了，巧到连恋爱都谈了，该做的亲密事一样没落，他竟然都不知道他的女朋友跟自己的妹妹是好朋友。

祁嘉穗笑容端庄又温和，真像第一次见面那样朝陈净野伸手："你好啊。"

舌尖顶了顶腮，陈净野荒谬地扯了扯唇，笑意冰冷跟祁嘉穗握了手，不知道怎么回事，握上的那一瞬间，他忽然想到在 L 市那次初见面。

那天宋杭的生日会上，他们也这样握了手。

她当时握上了还不松开，找着话说，问他的英文名叫什么。

走神这会儿，祁嘉穗已经迅速又自然地把手收回，连一个多余的目光都没给他，被陈舒月推着朝另一个方向走。

"灿灿来了，走，走，走！咱们去找灿灿，好久没有聚啦。"

看样子，祁嘉穗是铁了心要和他装不熟。

不知道哪里的自尊心被刺激到，对于祁嘉穗隐瞒她跟陈舒月是好友的事，陈净野想不明白，却无比介意。

为什么不能说？藏着掖着干什么？

　　陆奇作为陈净野的大学朋友，两家一早相熟，在订婚事宜上男方很体贴，处处考虑女方的意愿。

　　两家的亲友都不少，到时候结婚必然操办得隆重，这是避免不了的。

　　所以订婚宴陈舒月不想过分张扬，不想办那种豪请多少桌的排场，就定在陈家的别墅里，弄得轻松些，只请一些近亲和私交好友到场。

　　午宴过后，亲戚散了，留下玩的大多是两个人的朋友。

　　入夜了，前后院灯火通明，更是一片欢声笑语的热闹。

　　在一楼大厅的垂吊水晶灯下，穿着礼服的陈舒月和林灿四处找着人。

　　"哎？嘉穗呢？刚刚不是说裙子弄脏了去洗一下吗？怎么到现在还不出来，人呢？"

　　那点儿奶油还沾在裙角，祁嘉穗被陈净野抵在二楼转角处。男人的身子火热，密不透风地贴着她，叫她呼吸都紧张。

　　"你干什么呀？"

　　她话一出口，楼下的陈舒月和林灿就朝楼上看来，陈净野瞥了一眼，一把捂住祁嘉穗的嘴，低声说："别说话。"

　　祁嘉穗一愣，下一秒被陈净野牵着手腕往楼上带。长廊里没亮灯的地方，她全凭手腕上滚烫的指引。

　　忽地被推进一扇门里，门"砰"的一声合上，又是只有两个人的天地。

　　房间里没开灯，由窗帘缝隙间透过的灯光照亮。

陈净野垂眼望着被自己困在墙壁与胸膛之间的祁嘉穗。

她今天穿了一身软缎小礼服裙，中规中矩的淡蓝色，显得落落大方。

可是没用，他见识过她热情的模样，所以此时她这副大家闺秀的模样，更像是一种刻意的矜持。

好似一层薄纸，越是规矩干净，越叫人想揉皱撕破。

她紧张地将手搭在他胳膊上，舔了一下唇，像在斟酌开口。

陈净野没给她说话的机会，盯着她细微的动作，躬下身亲她，亲到她浑身酸软，扶着他才能站稳。

隐形拉链在腰侧，裙子不好脱，却被揉皱，祁嘉穗推他硬邦邦的胸口。

"你干吗？今天是你妹妹订婚，她们现在都在下面找我。"

陈净野靠近她，说话的气息都喷在她敏感的颈窝里："我也找你。"

"你找我干什么？"

她的唇瓣被亲得有点儿肿，并且口红溢出，显出一种被蹂躏的柔弱来，陈净野一手轻轻抹她唇角，动作带几分欲气，一手去扯她的盘发。

不喜欢她端出一副娇矜不可攀的千金小姐的样子，瞧着别扭，瞧着……让陈净野觉得陌生。

她挣扎了一下，低低地问他要干吗。

丸子头被扯开，随着珠夹的坠落，微卷长发披散了一肩。她肤白发乌，脸型偏圆但是脸小，用碎发一遮只有巴掌大，眼睛也是温柔的杏眼，瞧着毫无攻击性，惹人怜爱。

陈净野吻了她。

室内没开灯，只有窗外的灯光渗透进来。在朦朦胧胧的光线里，她目光柔软又虚无地望着他，美得像壁上画。

不动时温眉软目，一动便风情撩人。

她明明就在咫尺之间，可那种清灵的眸光缺乏情绪，无由来的远，陈净野折下颈，吻着她脖颈，有点儿生气地问她："假装不认识我？祁嘉穗？你在想什么？"

她被猛地一推，跌进柔软床铺，裙角被掀飞，一股属于男性的清冽木香震散开来。

陈净野仰着头，喉结轻滚，扯那条黑色领带。

她慌得想直起身："这是哪里呀？你不能乱来！"

陈净野手掌按她肩，将她推了下去，然后俯身捏她的下颌，重重吻她一记，唇瓣若即若离地贴在她唇上，回答她的问题："我的房间，没乱来。"

俊眉朗骨缠夜色，他好看得叫人心惊。

祁嘉穗拿最后一丝理智偏过头，看半透窗帘外的后院光亮，宴会刚到尾声，还有不休的笑闹声频频传来。

陈净野的拇指一用力，把她的脑袋按正。他要亲不亲地在她的上方说："看着我，也只想着我。"

祁嘉穗在朦胧的光线里打量着这个房间，忽然生出一种"哦，原来就是这里"的感觉。

早几年前，她曾在对面陈舒月的房间里，看着这扇门发呆，想着陈净野在睡觉，甚至幻想自己如果进去了会发生怎样甜甜的情节。

而如今，她猝不及防地被推进了自己曾假想的肥皂泡里，本该是她的美梦，场景却如此天差地别，是热切亲吻和用力相拥。

那些肥皂泡，仿佛就在水里"啪啪"碎得一干二净。

这美梦真糟。

她忽然陷入迷雾，不知道这几年她到底喜欢陈净野什么，他有什么是值得自己这样执迷不悟的呢？那个夏日浓荫里蓦然回首的陈净野，不过是她自己的臆想。

早就面目全非了。

她的眼泪就这么怔怔地滑落。

眼下忽然一热，是陈净野用手指给她抹着泪。他捧着她的脸，用鼻尖抵她的鼻尖："不舒服？怎么哭了？"

她眼里淌着泪，身体上的不适其实很小，只是一种忽然的伤怀无限放大，她微哽着问他，声音很轻。

"陈净野，你爱不爱我呀？"

事后，祁嘉穗在陈净野的房间里换了他的睡衣。陈净野把她那条沾了脏的蓝裙子递出去，叫保姆尽快洗了弄干送来。

祁嘉穗急了："这样会被人发现的！"

今晚全场就她一个穿了蓝裙子，哪有好好参加一个订婚派对，还把裙子脱了的？这信息量也太大了。

"不会，你本来不就是要去洗的吗？"陈净野这么说，从门边朝回走，压在床边又拾起旧问题问她，"你这么怕被人知道干什么？我就这么见不得光？"

祁嘉穗没答，反问道："你想见光吗？"

陈净野捞来桌上烟盒，折回床头翻出个打火机。

房间里没开灯，全靠那一面落地窗外的灯辉映着，好似蒙了一层灰蓝的滤镜。他点烟的瞬间，就在祁嘉穗的身边。祁嘉穗看着他白皙的面庞，短暂地在火光里亮了一下，唇角翘出无关痛痒的讥讽弧度："刚认识的时候怎么不说？"

"不敢。"

陈净野瞧着她，有烟雾散开。

祁嘉穗在他的视线里神色平静坦荡，是真不敢。

讲出来挺难堪的。

那时候小心翼翼地在喜欢他，生怕哪里惹了他不满意。

知道他是最怕麻烦的人，就担心万一陈净野知道她跟陈舒月是好友，觉得多了这层关系，以后感情棘手也不好处理，从而在最开始就不考虑她了。

所以一直没有告诉他，也不让自己露出任何蛛丝马迹，如果没有这场避无可避的订婚，她真不知道会瞒到什么时候。

现在也一样。

"如果你妹妹知道我跟你在一起，那以后你就不好抽身了。分手总要有理由的吧，你要跟你妹妹说，你单纯不喜欢了她的好朋友吗？"

这些话句句都在为他考虑，可由祁嘉穗这么贴心又准确地讲出来，陈净野却觉得像被人来回抽了两个耳光一样。

话都堵在喉咙里，真不知道要夸她冷静聪明，还是夸她体贴细心。有种陌生的心绪无端翻涌，他吞吐着有麻痹作用的尼古丁，却觉得心脏一丝丝地抽疼。

他就直直地盯着祁嘉穗。

小姑娘身上裹着的他的睡衣都撑不起来，是真的娇弱。可这一刻，陈净野又觉得她有一天真心狠起来，能弄死自己。

她这么喜欢他，却能说出来这样的话，这是先挖了自己的心，再拿着血刀子捅了他一刀。

她今晚有些钝，被他盯到不自然，也只是平静地低下头，将自己的视线挪走。

陈净野灭了烟，躺到她身边，捏她垂落的手指，忽然鬼使神差地问出一句话："你这话说的……难道咱们就没有以后？"

祁嘉穗又淡淡地把问题抛给他："有吗？"

陈净野望着天花板，不知道想了什么，扯了扯嘴唇。

他没想过定下来，也没想过结婚的事，一想到身边要像栽萝卜似的有一个女人，事事都要有交代，那画面光想想都觉得受不了。

而且一旦定下来，会有多少双眼盯着他？所有人都会来问东问西。他做事也好，恋爱也好，从不喜欢别人过问。既然是因为开心才凑到一起的，那开心就够了。

考虑太多反而伤了开心，谁都开心不起来。

思绪很乱，随着年岁渐长，想到这样的问题陈净野难免头疼，可是一看着身边的小姑娘，他又觉得漂浮的心被按了下去。

只要她在自己身边就够了，她这么好，完全可以胜任任何角色，不记得听谁说过一嘴，祁嘉穗这"识大体"的性格挺适合给人当老婆的。

招蜂引蝶的船，总会回到港湾，或许祁嘉穗就是他的港湾，反正他挺爱在她那儿停着的。

想到这里，陈净野又觉得心里暖暖的，于是抓过祁嘉穗的手，送到唇边吻了吻。

夜色迷离，叫她自作多情地在他眼里看到圣光般的虔诚。

两个人困在房间等保姆来送衣服。

时间耗着，该做的事已经做过。她试图去体会这一刻的温存，却只觉得心里有些空浮。

祁嘉穗伸手去摸他的眼睛，顺着眼睛摸到眉骨，一寸一寸都是少女曾经的心动。她被勾起回忆，便想与他说往事。

"其实我第一次见你不是在你家后院，是在市一中，你跟陆奇来我们学校看运动会。还有一次是在你们校区附近，那晚万圣节，你穿白大褂装扮了一个吸血鬼医生，我只远远地看着，好帅呀，陈净野……"

一转眼五六年，她依然这样轻喊着他的名字，可像话没说完似的。陈净野只应了一声，抱着她，听不到那后面无声的一句。

我再也不会像以前那么喜欢你了，我很难过。

Chapter 08

沙漏

如果本来就是

抓不住

的，漏掉就漏掉吧。

回到 L 市后不久，祁嘉穗不慌不忙，开始准备毕业回国的事宜。

陈净野手上无人机的项目推进顺利，也一早有回国的打算，日子过得闲散。两个人也看似步履一致。

那阵子，他陪着祁嘉穗逛街、旅游、看展，秀了好大一波恩爱。

外人艳羡不已，称赞祁嘉穗是降服浪荡公子的终极赢家。连周馨也惊讶，这段她最开始就不瞧好的感情，祁嘉穗竟然能跟陈净野一谈就谈了快三年。

所有人都在分分合合，前任和前前任不知道换了多少，人来人往，新旧更替，反倒显得陈净野跟祁嘉穗有种老夫老妻的甜。

临近毕业那段时间，手上事情忽然多起来，祁嘉穗忙得顾不上他。

大概真是玩腻了、玩够了，陈净野破天荒地有些恋家。玩来玩去也就那些花样，纸醉金迷，异国夜生活的热闹他渐渐懒得凑。

工作上的事情忙完，他没什么心思往外折腾，就想着回家跟祁嘉穗一起吃饭。在哪儿吃、吃什么都不要紧，就是想看看她。

几天见不着人，他心里就不踏实。

近期祁嘉穗的母亲来了 L 市一趟。

她这栋小公寓里陈净野生活的痕迹，多到根本藏不住，祁妈妈飞机落地才通知她，祁嘉穗更是挪不出空收拾。

祁妈妈在屋子里走了一圈，坐在沙发上，拿起烟盒旁的打火机"哒哒"打着，火苗冉冉蹿起。她反手扣上盖子，丢在一旁，端坐着看从厨房给她倒水的祁嘉穗。

"怎么交了男朋友也不跟妈妈说？"

祁嘉穗在她面前放下杯子，水纹轻晃。

祁嘉穗垂眸低声说："乱谈的，长久不了，没必要告诉你。"

"你能懂事就好，"祁妈妈拍了拍她的手，面露欣慰，"现在你年纪小，看不透男女之间的情情爱爱有多复杂。两个人搭伙过日子，不是说一声'爱'就行的。你就看我和你爸结婚二十多年，你哥哥虽然从没说过我半点儿不好，但为了这一句贤名，妈妈受了多少罪，忍了多少委屈？旁人不知道，你是知道的。看男人要准，不然以后你有苦头吃。"

老生常谈的后妈心酸。

祁嘉穗这些年听了没有一百也有八十遍了，耳朵听出茧子，她连安慰的话都懒得说。

于是她岔开话题，问起她那位同父异母、年龄差十岁的哥哥："哥哥离婚的事怎么样了？"

后妈难当，想要贤名的后妈更难当。

祁妈妈听她问及，有一肚子苦水要吐。

"抚养权还在争呢。你这个哥哥不是个消停的主儿，连自己的婚姻都弄得一团糟，你爸爸怎么可能放心把公司交给他？"

祁妈妈说完，又仰头长长一叹，再望向祁嘉穗时，便寄予厚望地说道："嘉穗，以后还是要你多帮衬着家里。好在你从小懂事，不然妈妈真的要操心死了。"

祁嘉穗一时不知道该露什么表情。她一个大学刚毕业的女生，还是设计专业的，徒有海归镀金的外衣，就算回国又能帮衬到什么呢？

哦，能嫁个人傻钱多的老公。

祁妈妈又说起对祁嘉穗未来的规划："你回国呢，就开个小一点儿的工作室，不会太累。等你以后嫁人忙不过来，就交给你哥哥帮你操持，你也不至于太辛苦。嘉穗，女人不要太拼事业。"

祁嘉穗听了反感："我已经跟国内的设计公司申请实习了，我工作的事你就不要管了，好吗？"

"实习攒经验混不出名堂，还浪费时间，太辛苦。嘉穗，妈妈这是为你考虑。"

祁嘉穗抿着嘴唇，克制地舒出一口气，望着墙上的钟。按照平日惯例，还有半小时陈净野大概就要过来了，她不希望看到陈净野和她妈妈碰面。

心浮气躁，一下叫她把话说重。

"你只要别管我，我就不会辛苦了！"

祁妈妈听后不可思议地瞪了瞪眼，随即发作起来："这是什么话，嘉穗！你怎么能这么跟妈妈说话！"

祁嘉穗怕陈净野提前过来，万一人碰上，到时候场面实在尴尬棘手，能避免的麻烦尽量避免。

她起身拿起妈妈的手包，软下态度："我身体有点儿不舒服，要不你先回酒店吧，我明天再陪你去逛街。"

身为一个有着贤名的后妈，为了能把所谓场面上的一碗水端平，她对自己的亲女儿克扣了多少爱与关心，只有她自己清楚。

母女关系不亲不疏，说起话来总是不亲厚。不亲厚就算了，还总带着小心翼翼。

站在电梯前，祁妈妈一副可怜相，对祁嘉穗温柔地说着："嘉穗，你不要烦妈妈。"

即使知道她亲妈最会的就是放低姿态，钝刀子割肉，用委婉态度逼对方接纳，不然也不会嫁进祁家当后妈，短时间内就得到认可。

可到底是亲妈，祁嘉穗还是见不得她这副受气模样，含糊着点了点头，她有点儿疲惫地说："我没有烦，我说了，我只是身体不舒服。"

祁妈妈没再多言，只好应着："好，好，好，那你休息。逛街的事情也不着急，你身体要紧。"

前脚刚送走祁妈妈，后脚陈净野就过来了。轰鸣声戛然而止，车子停在了楼下。

他敲了门没人应，以为祁嘉穗不在家，就自己用钥匙打开了门。他一进来，就见祁嘉穗环抱着双腿，坐在沙发上发呆。

陈净野蹬了鞋子，车钥匙随手丢在一旁："敲门怎么不应？"

她连动都不动一下。

陈净野走过去，抬起她的脸问："怎么了？身体不舒服？"

祁嘉穗静静看着他，忽然在脑子里理起了逻辑，按常理，她现在应该告诉他：陈净野，我妈妈这趟过来知道我谈恋爱了，她从小到大就管我管挺严的，你要不要跟她见一面？

或者说，你有没有考虑过娶我呢？

光在心里想想这句话，祁嘉穗就有些眼酸了，一开始的规则是：恋爱就是为了开心，甚至专一都可能不包括在其内。

她现在跟陈净野提结婚，实在好笑。

在发呆这会儿，陈净野已经坐到旁边，把她抱到怀里，大手滑到她小腹位置。他的掌心很暖，轻轻揉着说："你这痛经的毛病什么时候能好？"

她的经期的确该到了，但这个月推迟了，还没来，只是忽然被他抱在怀里，单单贪这一刻的暖，她就想装病撒娇。

"陈净野，你怀疑过亲情吗？"

"什么意思？"

"你跟舒月之间的感情不错，你父母也很尊重你。你说想研发无人机，他们就支持你出国，你们家还挺好的。"

陈净野自然而然地问："那你们家呢？"

"我们家呀？我们家好奇怪，我妈妈贤名远播，是最无可指摘的祁太太。她最开始是我爸的秘书，工作能力出众，我哥哥八岁那年，他妈妈出车祸去世了，父子俩伤心欲绝……"

祁嘉穗苦笑了一下："她的工作能力就更出众了。"

"半年不到，走马上任第二任祁太太，从没有人诋毁过她一句，我哥哥摔断腿，她跪在地上哄他，喂他饭。我哥哥成绩一塌糊涂，惹是生非，我父亲要打他，她声泪俱下地护着拦着。我哥哥他几乎没有丧母之痛，因为他得到了一个比他亲妈还要好的妈妈。

"而我，夏令营骑车胳膊跌脱臼等她来接，她说要给我哥开家长会，让我等了四小时。我成绩一旦差了，她会立马喋喋不休，说我会害她落人口舌，说我果然是小地方女人生的孩子，我和她都上不得台面。

"我看小说，看漫画，总看到处心积虑的女配角为了上位抱养一个孩子。我就想，我会不会根本不是她亲生的，所以她才一点儿都不爱我。

"我那时候拿她梳子上的头发，托我家司机叔叔帮我做亲子鉴定。

"我甚至都已经想过我是那种小说里的女主角，无父无母的孤儿，从小被抱进有钱人家里当筹码，然后我不屈服命运，最后遇见王子，过上幸福生活的戏码了……结果，我真的是她的亲女儿。

"最开始我总忌妒我哥哥，觉得他抢走了我妈妈所有的爱，后来书看多了就想通了，那哪是什么母爱，那都是戏，是完美祁太太守则，不过我哥是长子，他重要，所以他戏份多，而我在家里无足轻重，所以戏份少罢了。"

祁嘉穗说了很久才把故事说完。她没有哭，只是很悲哀地在陈述，说完后很久，客厅里都没有声音。

陈净野像是来不及消化，心里隐隐有种不好的预感。

"怎么忽然跟我说这个？"

祁嘉穗转过身，静静地望着他，她乍一下也不知道自己为什么会跟陈净野说自己家里的事，而且还絮絮叨叨说了这么多。

看着看着，她忽然就从这副被她爱透的眉眼里，找到了答案。

放在以前，她肯定不敢跟陈净野说这些事，她爱得如履薄冰，总怕有任何污点会出现在她和陈净野已经岌岌可危的感情里。

她不希望他知道，原来风光美好的表象下，她有一个当秘书转正的亲妈，有一个被她妈惯坏不成器的哥哥，有一个不怎么幸福的家庭。

她怕惹他烦了。

那些像沙子一样本就握不住的爱意，她也拼尽全力地攥着，漏掉一颗她都舍不得。

可现在，她像是爱累了，不再在乎那么多，甚至不再那么在意他或多或少的爱。

如果本来就是抓不住的，漏掉就漏掉吧。

那美梦她已经进去瞧过了，很糟。

冰凉的手指在他的脸上轻轻划着。这张脸还是这么好看，可祁嘉穗的心里却忽然扩散开无限悲哀。怎么会说不喜欢就不喜欢了呢，以前那些鲜活的、波澜壮阔的爱慕去哪里了？

素颜状态下的她有点儿憔悴，她极浅淡地弯了弯唇，跟陈净野说："忽然想到，咱们在一起这么久，你一点儿都不了解我，所以随便跟你说说。"

他们之间很少聊及彼此的家庭。

今天一下听祁嘉穗说了这么多她家里的事，陈净野在惊讶之余有些心疼她。所有人眼里的祁嘉穗都是有生机的，是挺活泼阳光的一个小姑娘，蒋璇那帮女的都很喜欢她。

陈舒月也说过，祁嘉穗以前在市一中，高中三年一直当班长，在学校人缘很好，也受老师们的喜欢。大家有问题都喜欢找祁嘉穗开解，她很会安慰人。

可陈净野总觉得，他看到的祁嘉穗好像并非如此。

她娇娇弱弱，心地善良，又很敏感，没人哄可以忍着泪，一旦真得到别人的关心，会像一只小猫一样抽抽搭搭地哭。

好会撒娇，也好贴心。

陈净野轻抚她的后背："未来那么长，不着急说，难过的时候要聊点儿开心的事。"

问及吃什么，祁嘉穗说想去日料店。

"我想到你第一次带我出门吃饭，就是那家港城人开的日料店。"

说去就去。一小时的车程后，祁嘉穗站在那家喜欢剑走偏锋的日料店前。

眼前是一片回光返照的色彩，很矛盾，老旧又鲜活，第一次来这里的惴惴不安和爱意满满，仿佛在她的心脏里重演。

因为不确定陈净野的喜欢，那时她忍了一路还是哭，哭得伤心欲绝。她真的太在意他了，好像那时候他如果说一句不喜欢她，整个世界都会崩塌。

当时知道陈净野不喜欢哭哭啼啼，她把眼泪都在一瞬间憋住，心酸难言。可是后来他又顶着不耐哄她，她的心脏就又泡软了。

他不过施舍了一点儿耐心，她就感动得像获得珍宝一般。

现在她还是不能确定陈净野的喜欢，但是所有心悸紧张仿佛锈化，通通从她身体里脱落。

好像旧到极致，又好像已然新生。

黄粱一梦不得长久，须臾幻象也如泡影散去。

兜兜转转，面目全非地走到原地。

手心摊开，青烟一缕，什么也不曾抓住，也抓不住。

悲恸难抑的那一刻，她恍然觉得，自己可能真的生病了吧。

不久前，周馨还悄悄推给她一张名片，叫她有空去看一下心理医生。

"临近毕业，加上你跟陈净野三年之痒，你心里绝对有事！老看你发呆的时候怪怪的，你要是不想跟我说的话，你别憋着呀，憋出病来。去看看医生，就当纯聊天也好啊。"

那张名片还被祁嘉穗压在陈净野别墅客厅的果盘底下。

路口起了点儿风，陈净野搂着她进店。

祁嘉穗一贯不爱点菜，除了忌冷忌腥，吃东西也不怎么挑。

陈净野负责跟服务生确定餐点，她则一言不发，坐在对面喝着微苦的茶。

等餐上齐了，祁嘉穗看了看桌面，又抽出菜单看，望向服务生问："今天没有鲭鱼吗？"

这种娇贵的鱼，出水即死，处理起来特别考验厨师的功底。整个 L 市，陈净野只吃这家的鲭鱼刺身。

服务生说："有的。"

祁嘉穗问陈净野："你怎么不点呀？"

陈净野说："你不是不喜欢吗？"

所以你是从什么时候开始也不吃这种我讨厌的鱼的呢？

她没问，将那三折页的古旧菜单放到旁边，重新端起那杯微苦的茶。

她的食欲不振都写在脸上。陈净野没指望这家日料馆子能叫她胃口大开，但也没有想到，吃了没几口，祁嘉穗忽然就掉了眼泪。

和风小室里就他们两个人，陈净野越过小桌，抚了抚她潮湿的眼皮，轻声问她怎么了。

她愣愣地看着他，愣愣地落泪："陈净野，我真的吃不下去了……"

陈净野没听出她哽咽的话外音，只温柔地抚背哄她。

今天听她说了那么多她家里的事，他以为是她妈妈这趟过来的缘故。陈净野抱着她，一下一下地抚拍着，说之后等她妈妈回国，就带她出门散心。

"吃不下去就不吃了，没关系。山珍海味多的是，我以后慢慢带你去吃，不要为难自己。"

祁嘉穗点了点头，没什么生气地窝在他怀里，缩着肩，像一个小孩子。她的眼睛空乏地在室内转了一圈，从挂画落至摆花，最后看着陈净野。

"我是不是有点儿莫名其妙啊？说哭就哭……"

他抚着她单薄的背："没事，别乱想。"

两个人之间的气氛从出了日料店开始就很低迷，通常餐桌上餐桌下都是祁嘉穗爱聊天，爱分享琐事，活跃气氛，连公寓楼下的野猫生了几个崽，是公是母，什么花色，她都要跟他说。

此时叫陈净野找话题，他一时有些怔。

想了半天，发现适合聊的仿佛也只有朋友圈里的八卦。

"宋杭要结婚了，你知道吗？他跟他那个未婚妻脾气不搭，据说光去国外定婚服，两个人就在店里掰了好几次，大吵特吵。"

祁嘉穗心不在焉，声音细细的："那他还要跟她结婚吗？那不是要痛苦很久。"

他再寻常不过地轻叹："国内联姻的风气不就是这样吗？能维持表面上的相敬如宾固然好，维持不了也不是能说散就散的。"

祁嘉穗没有说话的欲望，低低地"嗯"了一声。手上是日料店老板娘送的手工冰激凌，很袖珍，香草奶油味，她咬了一口，蹙了眉。

她嘴里有苦味，吃什么都苦。

她就这么跟陈净野沿街散着步，不知道是怎么走着走着就变成十指相扣的。祁嘉穗看着彼此相握的手，顿了一下，他们好像从没有这样牵过手。

连牵手都很少。

陈净野更喜欢搂腰搭肩，以他们的身高差，那是对他而言更轻松自在的姿势。

发着呆，忽然发现身边男人停了步子，她也跟着停，两个人走走就忘了时间，已然逛到了灯火不休的中心大道。

一家珠宝店突兀地出现在视线的范围里，熠熠闪光。

陈净野不知道哪儿来的兴致，好似店里高级的冷光源有种魔力，他捏了捏祁嘉穗的手说："去看看？"

"看什么呀？"

"看珠宝呀，我送你。"

祁嘉穗极轻地弯了弯唇："既不是生日，又不是节日，怎么忽然要送我珠宝啊？"

陈净野按开手机，看了一眼："怎么不是节日？今天是世界地球日。"

祁嘉穗被他一本正经的样子逗笑，弯着眼睛，眸子盛着柔软又灿烂的光。

陈净野忽然怔住。

好像很久没有被她这样笑颜以对了，参加完陈舒月的订婚，她回 L 市后就总是很累，即使弯起唇角，也带一股倦意。

过往的无数画面在脑海里叠加。

祁嘉穗以前很喜欢笑的，喜欢搂着他的脖子撒娇，蹭他的肩窝，他一直没有特别正式的英文名字，她很爱给他起各种各样甜甜的英文昵称。

她有苏城口音，说英语也软软糯糯的。

他一边受用喜欢着，一边捏她的腰挠痒，说她比猫都会撒娇。

"世界地球日，这算什么节日啊？讲环境保护的吧，跟买珠宝有什么关系？"

祁嘉穗小声地吐槽着。

陈净野心里忽然有种执念，好像今晚必须做点什么。他握紧她的手，还是带她进了那家珠宝店。

这家风格独特的设计师品牌，并没有完备的生产线，他们家的珠宝只在几个顶级都市设有门店，独立经营，卖的大多是定制款。

陈净野逛了一圈，看中了一枚黄钻戒指。那枚黄钻心形切割，少见的净度和明度，极为相宜，贵气又不奢靡，第一眼就叫人想到落落大方这个词。

"把这个拿出来给她戴一下。"

导购拿出了藏蓝色的绒盒。黄与蓝的色差，显得那块黄钻更加纯粹晶莹。

"先生，这是我们家一位客人的定制婚戒，暂时做展示用的，可以试戴，但是买不了的。"

那还是祁嘉穗第一次在陈净野脸上看到遗憾的神色。他这人万事朝前，翻篇即过，玩得开、想得开，哪有什么能叫他遗憾？

他抬了抬下巴，把祁嘉穗的手往前一递："给她戴。"

祁嘉穗小幅度地缩缩手，但陈净野抓得紧，那枚戒指还是滑进了她的无名指。

她皮肤白，手指细，黄钻在她的手上显得极好看，玉骨冰肌，干净得叫人咂舌。

导购也将祁嘉穗夸了一番。

陈净野那会没说话，就捏着她的指尖，静静地欣赏，不知道在想什么。

那个画面带来的酸楚，祁嘉穗难以形容。她抿着唇，压住鼻腔里泛起的一阵涩痛。

他太像……在跟她求婚了。

她正想开口出声，打破这样叫人不禁联想的画面，陈净野却先一步转头对导购问："有现石吗？要浓度和净度类似，克拉不低于这个的。"

"很抱歉，先生，我们门店里暂时没有。如果您喜欢，验资后可以留一份客户资料给我们，我们会尽快反馈到总部，那边的买手会在我们合作的矿商和拍卖行里帮您拿到合适的原石。"

祁嘉穗已经说了，没有就算了，可一贯顶怕麻烦的陈净野却像变了性，认认真真在贵宾室里填表。

祁嘉穗觉得贵宾室里闷，就出来闲逛。

听到两个店员正聊天，极低声又夸张地说"amazing"（令人惊奇），说刚刚的验资人单拿一张卡，数字惊人。

"怪不得上次总部调任 P 市的通知里写了必须要会汉语。"

等陈净野出来的时候，她把这件事说给他听，陈净野也笑，说间接性推动中文普及，好事一件。

往回走的时候，他们在广场遇见了卖气球的小丑，祁嘉穗挑了一只红色的气球。

周围有小孩儿把气球的绳系在手腕上，像一个即时移动的定位点，大人牵着他们，好似这样不容易走丢。

陈净野付了钱，也把那只红气球给祁嘉穗绑在手腕上，一边绑一边很满意地说："这红气球打眼，随你乱跑吧。你去了哪儿，我都能找到你。"

Chapter 09

赌局

野，穗，干净的，美好的，天生就该是一对。

第二天，祁嘉穗去陪妈妈逛街，又听了她一路的唠叨嘱咐，无非是苦口婆心地讲自己这么多年有多么不容易，她的哥哥多么叫人不省心，叫她以后一定要懂事，少让妈妈操心。

祁嘉穗听了，只觉得心情更加沉重烦闷，一路上连话都很少搭。

祁妈妈又拉着她的手，柔弱地问："嘉穗，你不是嫌妈妈烦了吧？你也知道的，这些话妈妈除了跟你，还能跟谁说呢？跟你爸爸吗？还是你哥哥？嘉穗，你要理解妈妈呀。"

胸口仿佛压了一块巨石，祁嘉穗用尽了最大的力气才扯出一点儿笑容，不着痕迹地抽开自己的手。

"我没有嫌你烦，我会尽量理解你的。"

等祁妈妈离开 L 市，祁嘉穗去陈净野家客厅翻出了那张心理医生的名片，以前她有种很大的心理障碍，觉得看心理医生就是承认心里有病了。

可现在，她真觉得自己病了，再不开解，可能会影响正常生活。

她以为去看心理医生，会是在特别正经严肃的医院里，医生穿白大褂，戴眼镜，拿一堆奇怪器具给她催眠什么的。

实际上当她到了名片上写的地点时，连家医院的店牌都没有找到，玻璃门上挂着木牌，写着一串彩色的英文，意思是：今天阳光很好，为什么不微笑呢？

确定了一下门牌号，祁嘉穗走进这家像社区咖啡馆的心理诊所，跟社区咖啡馆一模一样的，除了房顶上悬吊了很多植物，主人还同样养了一只肥硕的白猫。

白猫用掌心的肉垫无声跳上桌子，朝前一蹿，被一个金发碧眼的女人抱住。

对方没穿白大褂，但冲祁嘉穗打招呼，自我介绍她就是名片上说的那个医生。提及周馨，女医生像聊起一位老朋友。

"她很喜欢来我的院子里睡觉，快七八年了。"

祁嘉穗只知道她这位楼上的美艳邻居抽烟酗酒，男伴换得很快，却不知道她失眠症严重，竟然一直在看心理医生。

"玩游戏吗？"

女医生指的游戏是一张问卷表，但问题都有些奇怪地好笑，都是场景设问，提到了家人，也提到了伴侣。

她像考试一样认真思考，填写答案。

女医生拿到表，看了很久，问她的第一个问题是："你渴望得到很多爱吗？"

祁嘉穗愣了一下，淡淡笑了。她是一个对于感情格外敏感细腻的人，没有回答，反而问了回去："会有人不渴望得到很多的爱吗？"

女医生回答："每个人的需求程度是不同的，有强烈的缺失，才会有强烈的渴求，你的亲情似乎不圆满。"

犹豫了一下，祁嘉穗坦白："我从小就很想得到家人的关注和偏爱，但也很清醒地知道，不可能。"

"那爱人呢。"

"他……"

祁嘉穗一时间竟然形容不上来。

女医生并没有追问，而是换了一个角度让祁嘉穗分享了一些感情近况。这就像朋友之间的聊天，祁嘉穗并没有感到什么心理压力。

最后，女医生对她说："在你心里，你觉得亲情是虚伪的、崩塌的、不真实的，那么你可以换一个角度思考，你在不久的未来就会组建你自己的家庭。如你所说的，也许那枚戒指是你的男朋友计划向你求婚呢。尽量放松下来，不要太焦虑，也许很快你的人生就会有翻天覆地的变化。"

这位女医生说话有着极强的感染力，祁嘉穗看着她随话音而动的唇瓣，竟然就对她所构建的未来，产生了无限美好的联想。

那种感觉，就好像天忽然晴了，阳光柔和地照在眼皮上，温暖又惬意，叫人放松。

如女医生所说的，不久后，祁嘉穗的生活真的发生了翻天覆地的变化。

宋杭虽然和他的未婚妻屡屡传出不和，甚至两个人性格相撞，大打出手，但除了这些八卦，婚礼的请帖也一早隔洋跨海寄到了 L 市。

蒋璇咬着甜点叉，唏嘘不已："宋杭以前在圈子里玩得多溜啊，现在要结束在一个女人手上了吗？他那个未婚妻太天真了，她是不是'先婚后爱'的小说看多了？觉得既然要结婚，宋杭就必须满心满眼都是她？有事就闹，半点儿怠慢受不得？拜托拎清，你们没有任何感情基础啊！"

话音刚落，圆桌上的几个女生就笑了。

酒店的露台下午茶，三层甜点盘，马卡龙摆放精致，配香浓咖啡。小姐妹们凑趣闲聊。

听到这话，一个拿到新包的女孩子，都不再推荐自己的销售有多能干了，说起宋杭结婚的事来。

"关键是下个月他结婚，咱们还得到场说句'百年好合'呢。"

蒋璇叹了一声，又转去看祁嘉穗："嘉穗，你应该不会去吧？"

宋杭和陈净野后来慢慢关系疏离，彻底闹僵谈不上，后来成了"王不见王"的局面。

大伙都知道是因为有一次酒桌上宋杭喝多了，口不择言说他喜欢祁嘉穗，他一直在等着陈净野和祁嘉穗分手。

那都是去年的事了。

当时两个人在酒吧差点儿打起来，陈净野把烂醉如泥的宋杭按到门外，不知道放了什么狠话，之后两个人就再无"同框"。

祁嘉穗说："学校还有点儿事，我就先不回去了，我跟陈净野一起随了份子钱。"

旁人又打趣起她和陈净野来，语调无所不用其极地夸张，说得好像他们是一对神仙情侣。

"嘉穗太厉害了，你到底是拿什么'拴'了陈净野三年啊，想当年，你没来 L 市之前就有姑娘挤破头往陈净野身边站。"

"谁说不是啊？想当他女朋友的排队都不知道排到哪儿了。"

"没办法呀，陈少爷人帅、家世好、会赚钱，又不是他的错，我听说他那个无人机项目从去年就开售了，日进斗金不说，光技术版权就卖了好几千万。我的妈呀，明明大家都是一起虚度光阴的，怎么就有人能闭着眼睛赚钱。"

这些人里，蒋璇跟祁嘉穗认识的时间最长，关系也最好。

蒋璇抱着祁嘉穗的细腰，拿她当女儿似的炫耀："我们嘉穗就是好命啊，你们羡慕不来的。她的初恋就是陈净野！他们连名字听起来都好般配，干净的野，美好的穗，天生就该是一对呀！"

真到宋杭结婚那天，祁嘉穗在朋友圈看到了不少人发了婚礼现场的照片。

吃饭的时候，她还和陈净野说起来。

"好歹你跟宋杭在苏城就认识，一起玩了这么多年了。他一句醉话，你记这么久，人家结婚你都不去了。"

听到祁嘉穗提起宋杭，陈净野的脸色顿了一下，又立马恢复自然。他没多解释，只和祁嘉穗说："你以后少跟他来往。你说我记这么久，万一他也没忘呢？"

醋味十足的话，反倒误打误撞讨了祁嘉穗的欢心。

她小口扒着面，又说："我是想，反正也要毕业回国了，就提前一阵回去，参加一下他的婚礼怎么了？就是以朋友的身份祝他幸福也不可以吗？"

陈净野停了餐叉，要笑不笑地说："你要真回国在他婚礼上祝他幸福，搞不好他能当场哭出来。何必呢？多尴尬。"

陈净野说完，捏了捏祁嘉穗的手。

祁嘉穗感到一阵莫名其妙："关我什么事啊……去年那次你到底跟宋杭说什么了？"

陈净野的眸光沉了沉，他没回答。

就在这个晚上一语成谶，像命中注定一样。祁嘉穗真听到了宋杭在哭，哭得声嘶力竭，哭到语无伦次。

祁嘉穗做了噩梦，额上带着一层薄汗醒过来。正是西海岸黎明未至，窗外天光晦暗，她转过脸，动荡的心率缓缓沉淀下来。

陈净野就睡在她身边。

她从他怀里坐起来的动静有点儿大。他半醒了，伸手来搭她，摸到什么便抓住什么，含含糊糊地问："怎么了？"

祁嘉穗咽了咽口水，喉咙干涩，压住心脏的激涌，她轻轻抽出手，掀起被子说："我想喝水，你先睡吧。"

"那我等你……"他唇间应着话，实际上眼睛都没睁一下。

宋杭结婚像是什么特殊日子一样，陈净野不仅今晚聊天不爱回，一个人光红酒都喝了半瓶，后半夜酒精挥发透了，睡意很浓。

他的睡颜也很好看。

临下床前，祁嘉穗还摸了摸他的脸，热热的。

深夜的客厅空寂，祁嘉穗放轻了脚步，足音都成倍放大。她在厨房的岛台上倒了一杯温水。

杯子刚对上唇的时候，手机响了，显示的是好久都没有联系的宋杭。

连他结婚的份子钱，都是陈净野作双份以两个人的名义送出，祁嘉穗已经很久没跟他聊过天了。

这会儿是凌晨，看到屏幕上跳动着"宋杭"这两个字，祁嘉穗感到纳闷儿。按照时差，这会儿宋杭应该正在婚宴上才对。

为什么会打电话给自己？

这通深夜电话属实让祁嘉穗为难，可对方一直不挂，振动声好似悲鸣，慢慢扩散，让人心焦。

最终祁嘉穗还是把手指滑上屏幕，按下了接听。

她正在想要怎么说开场白。

这么特殊的日子，先要跟宋杭说句"结婚快乐"吧？但是晚上吃饭的时候陈净野又说了，她说这话可能会让宋杭哭出来，当时祁嘉穗没听明白，也不信宋杭会哭。

她还没来得及出声，这通来自苏城的电话里就渐渐传来哽咽，悲伤得不像话。

宋杭真的哭了，带着醉意说话。

"嘉穗，我不想结婚，我真的不想结婚，我为什么要娶我不喜欢的女人过一辈子，我好后悔，我真的后悔了……我为什么要因为那点儿虚荣心，把你让给陈净野，如果是我先呢？"

杯子脱手在地上，摔得四分五裂。

祁嘉穗说："你在说什么？"

祁嘉穗第一次被周馨带进留学生圈子，是宋杭的生日那一晚。她喝得醉醺醺的，散场红着小脸趴在车窗上跟人说"拜拜"。

那时宋杭示意陈净野去看祁嘉穗。

"那姑娘好不好？"

陈净野微一抬眼说："没试过。"

两个纵横情场的猎手，头一回为一个猎物犯难。

宋杭一早就分析过祁嘉穗这姑娘不太好追，棘手得很，从她生日会那天初见就能看出来。

"这种看着单纯的女孩儿不仅有点儿爱做白日梦，还大概率'脑补'过头，对爱情有无数条条框框，追到手简直像闯关，而且懂套路的姑娘警惕心强，很难追啊。"

车尾红灯远去，陈净野淡淡收回目光，烟盒里敲出一支烟，抿在唇间，垂眼点火。

一簇火光在他的眉宇间映亮又熄灭。

他甩了甩燃到一半的火柴梗，动作干脆利落，丢进一旁的烟箱，声音随一股灰白烟气溢出。他似是笑了一声，神情间有种随意的玩味："有多难？"

"我觉得挺难。"载着祁嘉穗的车已经走了，宋杭依旧看着那个方向，摸了摸下巴，"不过呢，我就喜欢难的，难的才有成就感。"

陈净野说："我也喜欢难的。"

"不是吧，讲不讲规矩？先来后到懂不懂？"宋杭嚷嚷完，又发现自己也占不上理。祁嘉穗是生日会上初见的人，他和陈净野分不出什么先后，可他对祁嘉穗好感浓厚，于是故意强横地说道："我不让啊！"

本来宋杭态度很坚定，但陈净野分析给他听："我先，我追不到的人，最后被你追到，不是更有成就感，这够你吹一辈子吧？"

宋杭亮了亮眼，这才退了一步，大放厥词："你要是没本事追到，可就输给我了。"

陈净野吸完一支烟，也朝自己的车走去，朝后挥了挥手："那就赌一局吧，我要赢了，权当我教你成语——技不如人。"

虽然跟宋杭聊的时候姿态潇洒，但实际上陈净野心里也没底。他太久没有追过人了，更准确地说，他从来没正经追过姑娘。

他也不知道宋杭说的很难追的女孩儿，到底难到什么程度，不过有一点，他承认，祁嘉穗挺特别的，这种特别说不清道不明，就像第一次见，他是真觉得自己以前应该见过她。

聪明的男人不会在感情里鲁莽表白，对方主动，自己再回应才算深情慷慨。

以祁嘉穗在宋杭生日会上一亮相就不缺男人搭讪示好的行情来看，他应该尽快出手才对，但陈净野没有，他打算先观察观察这个小姑娘。

好几次朋友聚会上，祁嘉穗有点儿不适应地坐在角落，手里拿一杯不怎么喝的低度酒。周馨给她介绍朋友，她才说几句话。对于各种男生看似老道的搭讪，她轻轻松松就能脱身推拒。

就在陈净野在心里打算把她的难度系数再多打一颗星的时候，她的眸子忽然撞进了他的视线里，像飞蛾扑进灯火，猝不及防被烫了一下似的，匆忙闪躲，又带着羞意和紧张。

祁嘉穗这样的反应，叫陈净野不禁凝眉。

从宋杭生日开始算，他们这才第几次见面？一只手都数得过来，可她看他的眼神一点儿也没有陌生感。

就好像……她已经偷偷看过他好多次了。

陈净野不动声色。

后来一步步慢慢试探，他与人碰杯时姿态随意，却会故意将目光往祁嘉穗那边移。她晓得他看了过来，总会有些下意识的小动作——卷头发的动作忽然停止，或者微微挺胸将腰打直。

这一发现让纨绔少爷间恶劣的攀比游戏忽然变得有趣，陈净野兴趣大增。

那次自驾去音乐节，其实根本不在陈净野和宋杭的爱好范围之内，那是一次完全为诱捕"猎物"而攒的局。

长途自驾，一堆热情开放的年轻人，有太多意外能叫男女感情升温，就像在舒适圈放下诱饵，不急不忙地等小鹿自投罗网。

"猎人"是陈净野。

"猎物"是坐在马路边满脑子想着天荒地老的心动少女。

L市的阳光刺眼，尤其是露天公路上。

陈净野走到路边，给快中暑的祁嘉穗戴上墨镜。"猎人"设下的陷阱瞬间铺天盖地，她几乎没有挣扎就掉了进去。

陈净野带着温柔笑意，暗暗旁观她的脸红和紧张。

后来音乐节去不成，那倒真是意外。一帮人去了附近的度假村落脚，折腾得够呛。陈净野大发慈悲接下开车的活儿，来回两趟接送。

祁嘉穗在第二趟。

当时车上四个人，蒋璇和那个刚刚修车的男生在后座，各自一头倒下昏昏欲睡，车里只有轻微的声响。

穿着露肩碎花小衫的祁嘉穗并着一双细白的长腿，坐在副驾驶位，黑色的安全带斜穿过她胸前，将宽松的衣料勾勒出对比分明的曲线。

陈净野开着车，没有主动跟她说话，朝她那边打方向时，从上不着痕迹地瞥了她一眼。

祁嘉穗垂着长长的睫毛，悄悄在玩他的墨镜，折起打开，再折起再打开，好像那是什么了不得的礼物。

陈净野手指在方向盘上轻敲着，显示他心情不错。

后来是在度假村。

他记得周馨之前那次搭讪，祁嘉穗的那位楼上朋友在男人面前可比她会多了，一身的风情说明天想去他家，他面不改色说出婉拒的话时，对方才从他腿上离开，知情识趣地说"那真遗憾"。

他当然有印象。

可他装失忆，又借着语境陷阱，让祁嘉穗说出"我明天晚上方便去你家吗"，他跟她说，你不要爽约就好。

她惊喜又紧张的样子，但凡有眼睛的人都能看出来。

再之后，带她去海湾酒店的露台参加朋友的生日。

那晚她靠在他身上睡着，但他碰都没有碰她一下。

一是他很不喜欢酒后乱性，对喝醉的女孩子缺乏这种兴趣；二是在暗示她：我完全尊重你，你主动，咱们才会有故事。

而祁嘉穗每每都不叫陈净野失望，所有事都顺着陈净野的意愿在走。

他期待她怎样反应，她就会怎样反应，仿佛她真的就在他的几番简单的暗示里，爱他爱得无可救药了。

陈净野在宋杭问进度的时候，调侃过一句："我怀疑我跟她有心灵感应。"

第一次带她去日料店，祁嘉穗在车上突然大哭。那一刻陈净野是真烦她了，因为他实在受不了女孩子的哭哭啼啼。

哄女生从不在他的情场业务范围内。

可他还是哄了，大概是因为她真的太乖，太叫他怜惜了。

高级的"猎人"享受过程，那晚的祁嘉穗叫陈净野惊喜又失望。惊喜的是，他真挺喜欢她，温柔小意处处好，连床笫间的呜咽都仿佛猫抓似的进入他心里，让他的占有欲疯长。

失望的是，进度太快。

就好比是枪战游戏里捡了一堆好装备，他规划清楚，打算进圈展现一下好枪法，结果一发子弹都没打，系统就宣布他赢了。

毕竟还想了不少之后的安排，打算要慢慢感动她，却没派上用场。

大概是看她太顺眼了。

在她那么多的烦人时刻，陈净野都是头疼一秒就屁颠屁颠去哄。

有一次她穿着自己的衬衣在自己的床铺上打滚的时候，陈净野瞧着，心都软化了，人生头一次觉得哄女孩儿也不是纯烦，就还挺开心的。

小姑娘真挺甜的，好会撒娇，搂着他亲他，咬他耳朵喊他"baby boy"（宝贝男孩子），陈净野在外面的事她从不过问，像只乖猫，不管外面的世界怎么样，反正一见着他就高兴。

那是一种无法形容的成就感，被那么多人爱得死去活来的陈净野，第一次在一个女生的眼睛里，体会到这样的喜欢。

仿佛他对她而言，是全世界最重要的人。

陈净野特别喜欢看她开心的样子，谁都不许让他的嘉穗不高兴，他对她越来越好，越来越宠，除了本性难移，他自认为几乎把她捧上天。

宋杭问他还不腻的时候，他才恍然大悟般想起，叫他这样沉溺不自知的一段亲密关系，开端竟然只是一个打赌游戏。

忽然心生不爽，特别不爽。

陈净野嗤笑了一声，眼皮冷淡地耷拉着："你急什么？"

宋杭从没想过，祁嘉穗会这么快就和陈净野在一起了。

正常的乖乖女根本不敢沾陈净野，尤其是祁嘉穗这样看起来防备心极重的姑娘。连男生的搭讪她都会防范，她为什么会被陈净野骗到？

得不到真的是一种容易叫人错认深情的怪病，宋杭旁观着祁嘉穗在陈净野身边的喜怒哀乐，一个他都没有主动追求过的女生，叫他慢慢生出毕生的遗憾。

她学习专注，落落大方，待人友善，性格可爱。她千般好，万般好。

随着了解深入，她在宋杭心里的形象就越来越好，可想到这样好的嘉穗，和自己没有一点儿关系，再想到如果当初不是他让了陈净野先，这样的好，可能会全部属于自己。

怪病仿佛越来越严重。

那是一种病态的被抢夺感，不曾得到的东西，却觉得是被人抢走了，宋杭一次次按灭烟蒂，怨念都在加深。

本来祁嘉穗该是他的，如果自己追到她的话，绝不会像陈净野那样，自己一定会对她更好，不让她受一点儿委屈。

女孩儿的一颦一笑都叫宋杭痛苦。

尤其在他的婚礼这天，他和未婚妻不合已经成了公开的笑话。席间有朋友慷慨赠言，安慰他事事朝前看，才好过潇洒人生。

"宋杭，咱们玩了这么多年，哪儿还有真心？反正心里也没揣人，娶谁当老婆不是凑合过日子呀，你看开点儿。"

那一刻，在奢华的顶灯下，宋杭的眼睛渐渐红了。桌上有人敬酒，推杯换盏，一句句祝他们百年好合。

他来者不拒，最后喝多了。

迷炫的光线里，他瞧见了祁嘉穗的一张脸。

笑靥如花。

她说话带苏城口音，总是拖着软糯的调子："宋杭呀。"

酒酣耳热，他咧了咧唇，学着她的样子喊自己。

"宋杭呀。"

旁人说他喝多了，他不理，自顾朝外面那片黑暗走去，步履间有大段不为人知的旁白在他耳边念着，仿佛是一种诅咒。

自作聪明的人才会觉得自己在感情里游刃有余，那些你奢侈过的感情，最后都耗成了报应，终有一天，一笔不落地回击在你身上。

到头来，你有真心，你有喜欢的姑娘，可是没用了。没用了，就是没用了。

周遭一片喜庆，宋杭眼里蓄着泪，忍到无人处才落下。

一个上完洗手间的男人，醉醺醺地撞到他，笑说了句"结婚快乐呀"，歪歪倒倒地走了。

宋杭被撞得一晃，又踉跄站稳，整个人愣愣的。他忽然想到去年快离开 L 市的时候，那天他也喝多了。

其实没多。

他很清醒，不过就是想借着酒精，说想说的话而已。

他说他喜欢祁嘉穗，等着陈净野跟嘉穗分手，分手了他就追，他是真的喜欢嘉穗，可陈净野呢，他对嘉穗有几分喜欢？真喜欢假喜欢？

醉后真言混假话，说了一通，桌上谁都拦不住。

那次他跟陈净野差点儿打起来，陈净野大概是怕他没遮没拦说出更多，毕竟祁嘉穗一直都是蒙在鼓里的人。

陈净野把他按到门外，气急败坏地威胁着宋杭，叫他死心。

宋杭就借醉问他："你别说你动了真心吧，有真心你之前就不会放任姜羽一次次给嘉穗难看，她为你难过了这么多次，你怠慢她，你根本没有把嘉穗放在心上！"

陈净野手指在抖，至于为什么抖，他自己估计都不知道，但那会儿他顾不上去想，乱局乍现，他只想着以最快的速度平息，让一切保持原样。

他将宋杭死死按着，声音冷得像隆冬的厉风直直地刮过来："我的事，还轮不到你管！我警告你，别再想着祁嘉穗，也别再动那些心思，你想挑拨什么？这么跟你说吧，我就算哪天跟她分手了，也轮不到你跟她好！"

宋杭怪异地发笑："那我就等你什么时候分手。"

陈净野嗤笑，下颌微昂，全然没把对方放在眼里，轻松自得："你等啊！你就等吧，等你哪天结婚了，我就分手，你等得起吗？"

Chapter 10

分 手

她写了一张便笺，贴在床头：

Honey，分手了。

祁嘉穗像隔洋跨海听了一场闹剧，而她自己是这场闹剧里最好笑的部分。

宋杭说出的每一个时间和地点，她都如此印象深刻。

刚恋爱的那会儿，无数次感觉到被陈净野怠慢，她都是靠着这些自以为是的回忆，证明她和陈净野之间是有感情的，他是喜欢她的，只是没有投入全部的认真而已。

可过去的那些心动都不假，她怎么能割舍？

她一次次为陈净野开脱——他只是不会谈恋爱，他只是还没玩够，她等等就好了。

那时候，她还不知道，他不是不会谈恋爱，他是不在意她……

音频忽然一阵嘈乱，最后宋杭的电话被蒋璇抢走。蒋璇用骂声劝着："你没事找事吧？今天是什么日子你不知道？你现在跟嘉穗说这些干什么？你都已经结婚了，她现在跟陈净野感情很好！"

宋杭似乎是被最后一句话激到，手机跌在了地上。他大声吼着，近乎嘶哑："因为我后悔了！我不想我喜欢的女孩子从头到尾都在被人骗！什么感情很好？这不是陈净野一手打造的吗？全部都是假的！是！我配不上嘉穗，那他陈净野也配不上！"

"搞没搞错呀？大哥，今天你结婚。你这样你老婆待会儿又要闹不说，陈净野知道了，会'杀'了你呀！"

……

手机摔在地上，自动熄了屏，毫无亮光。祁嘉穗蹲下捡起，抚了抚不存在的灰尘。这一蹲下，她忽然就起不来了。

她觉得，自己才是那个被陈净野"杀"死的人。

当她带着有关苏城的夏日回忆，庆幸在异国他乡，和他有缘重逢相识，她以为甜甜的爱情终于轮到自己了，实际上是游戏开始，"猎人"上场。

可她还让陈净野失望了。

因为她心里压着这么多的爱慕，对他的一举一动都毫无招架之力，太喜欢他，以至于让他觉得这个女人太好骗，游戏都少了趣味。

眼泪一滴滴地砸落。

在光可鉴人的大理石地面上，她隐隐约约看见自己濒死一般的狼狈和灰败。

心理诊所的女医生告诉她，要学会转移情绪。如果亲情崩塌了，她可以依靠爱情。

那如果爱情也崩塌了呢？她要怎么办？

面前是一堆玻璃残片。杯子碎了，水迹洇了一地。祁嘉穗眼底缀满泪，失去灵魂似的地看着那些玻璃片，拿起一片望着。

良久，她慢慢起身，去柜子找了一个危险物品专用的袋子。

"啪"的一声轻响，锋利碎片坠进袋底，接着她一片一片地收拾好，又去陈净野的书房找来黑笔，在纸袋上认真标注：内有玻璃。

危险的东西，就应该远离。

全程她眼里的泪就没有停过，但始终抿着唇，连一声哽咽都没有，好像她根本不知道自己已经哭了，像个傀儡娃娃。

她一帧一帧地回忆和复盘，想到那些曾经心动不已的小事，想到他和自己说过的那些缱绻情话，就像拧干过的湿海绵，其实没多少爱能再挤出来了，只是当时她深陷其中，总觉得满满都是给她的爱。

她在客厅呆坐到天快亮，手脚冰冷，仿佛要把这三年自作多情的苦果慢慢吞下。

然后很平静地去楼上换衣服。

她跟陈净野在一起三年，这栋别墅里她的东西实在太多了，她像往常那样，从步入式的衣帽间从头逛到尾，挑了一件陈净野说过最好看的裙子。

她走进卫生间，才从镜子里彻底看清自己这副不人不鬼的样子，于是抿起唇，抬手将眼泪抹去，洗漱，化妆，挑配饰。

有条不紊地做完这一切，她写了一张便笺，贴在床头：Honey，分手了。

甚至语气都不改往常，就跟她以前早起锻炼顺便带早餐回来一样，贴一张画着爱心的"Honey，起床了"。

只是这一次，她再也不会回来了。

蒋璇打来电话的时候，陈净野正坐在床上，捏着这张便笺发呆。

一分钟前，他被一如以往的闹铃吵醒，几乎是下意识的动作，长臂一伸，关掉声源，眯着眼，看到那张便笺，以及便笺上的内容。

所有的惺忪睡意，在看到内容那一刻，都随着他蹙眉的动作短时间内收拢起来，陈净野坐起身来，并没有慌。

一张单薄的便笺算什么？他只是很纳闷儿。

想着是什么恶作剧还是小惩罚，叫祁嘉穗一大早把"Honey"后面的内容由"起床了"改成"分手了"。

昨晚说了什么不好的梦话吗？让她不开心了吗？

他以前耐不下性子哄人，但是这三年下来，倒是哄祁嘉穗哄成习惯了。那些以前不屑于说出口的软话，他现在张口就能来。

"嘉穗！"

他朝洗手间方向喊了一声，没人回应。搁置在床头的手机随即振动，是蒋璇打来的，他滑了"接通"键。

蒋璇火急火燎的，张口就问："嘉穗她还好吧？我本来当时就想打电话给你的，但是宋杭他老婆真有病，当场就闹起来了，一直在问嘉穗是谁，又哭又吵的，还说不活了。我真的一刻都没闲，就刚刚……"

陈净野听她一通喋喋不休，说的都是些听不懂的话，就眉头越皱越紧。

最后干脆直接打断。

"你等等——你在说什么？宋杭结婚，他老婆寻死觅活，关嘉穗什么事？你刚刚问'她还好吧'是什么意思？"

蒋璇叹了一声，把昨晚的事情一五一十跟陈净野说了一遍，末了没忍住，还替祁嘉穗说了一句公道话。

"亏我天天吹你们是留学圈的神仙眷侣，陈少爷，你是真的'渣'呀。嘉穗这么好，这么喜欢你，你不爱她就算了，还耍她。你怎么忍心这么对她？"

前尘往事忽然从头翻过，浊尘飞涌，仿佛瞬间落下巨石，砸得陈净野六神无主。他看着手里的这张便笺，心脏像在被一千根针扎一样疼。

他疼完，气短地慌了慌神，感到有些蒙。

分手了？

祁嘉穗什么都知道了，跟他说分手了？真的假的？所有人都知道，祁嘉穗这么喜欢他，她怎么会跟他说分手呢？

胸腔里一股股涌着气，周遭有种压缩感，叫人呼吸不顺。如果这一刻祁嘉穗在他面前，他一定好声好气地跟她解释，事情不是这样的。

但是对其他人，他实在耐心有限，而且听不得别人质疑。

"我没有不爱她！我只是那时候不知道以后会真的喜欢她，我哪儿能知道以后的事啊？凭什么怪我？"

蒋璇被他说得一愣，竟然觉得是这个道理。

可她太心疼嘉穗，不过两秒，就懒得再骂了，反而语气风凉地说道："对，对，对，不怪你。怪你什么呀？长得帅又有钱，一帮姑娘倒贴，可以轻易得到女孩子的喜欢，这又不是你的错，这都是你的优点哪。你就看看你的这些优点还能不能吸引住嘉穗呀。"

通话结束，陈净野直接把手机砸在地毯上，他也懒得管手机滚到哪里去了。

他抓起一件居家服，也顾不上穿，裸着上半身，光脚就从二楼找起来，一边找一边喊，从楼上找到楼下。

衣帽间里满满一排都是祁嘉穗的衣服裙子，香水和饰品都放在原位，这些没有变化的东西叫陈净野得到片刻的心安。

他甚至开始慢慢冷静下来分析。

祁嘉穗可能生气了，但不是很严重。

就像之前雪夜，他们在 B 城吵架那次一样，她也说了分手，还哭成那样。可他哄一哄，她不就回来了吗？

这些可以完美推导的逻辑，叫他认为事态并不严重，他可以处理好。

祁嘉穗不可能舍得真的离开他，她只是有点儿生气，或许这一次生气比以往都多，但是没关系，他能哄。

他现在在她面前，可以放下架子，不要姿态，他就想跟她好好的。

楼上楼下空空如也，他喊她的名字，却一句回应也没有。

陈净野手上还抓着居家服，愣在了后院的泳池边。他赤着脚，如果朝前一步就踩到瓷砖上的水渍。

脚心一凉，叫他脑海里想起这里关于祁嘉穗的回忆。

就在这个泳池边。

也是早上，他穿着一条居家裤，光脚打赤膊从楼上下来。她在泳池边做舒展瑜伽，看到陈净野就担心他。

说他刚起来衣服都不好好穿，小心感冒。

正拿睡袍给他的时候，陈净野故意猛跳进泳池的深水区，溅起巨大水花，洒了祁嘉穗一脸。

她惊叫出声，抹一把脸上的水，他从池底浮上来，被她装凶瞪着，也自在顽劣地笑。

"陈净野！神经呀！"

陈净野游到池边，朝她伸出"哗哗"淋着水的手臂，将掌心摊给她："下来一起？"

她死死地别着手："我不！"

"怕什么？游泳很简单，我教你。"

"我不！"

她是个典型的南方旱鸭子，不会游泳，而且小时候落水呛过，怕水怕得要死。在海边玩的时候，海浪一没过膝盖，她就要朝岸上跑。

她在 L 市这种冲浪、潜水、晒日光浴成为日常生活的沿海城市，能做到三年间海水都不沾身一下。好看的泳衣倒是买了很多，也是为了陪他。

那次起了玩心，她脚踝细到能用手指轻松圈握，陈净野却半点儿慈心没有，抓着这样脆弱的部分，一把拉她下泳池。

"扑通"一声，祁嘉穗吓得像只考拉，紧紧地挂在他身上一动不敢动，她说害怕的时候，他在亲她，用那种撩人气音在她耳边说："怕什么？我在呢。"

她由他扶着在水里摆了一阵脚丫子，玩够了，陈净野才把她放回池边。

他随性地游了几个来回，浮在池边按着她后颈那块细腻的皮肤，同她接吻。

他的唇浸了水，感到有点儿麻木的冷，更能感受到她口腔里的热与暖。他肆意索取着，那种彼此之间不留丝毫喘息的吻，渐深渐烈。她的唇舌湿烫到像化在他嘴里，叫他犹有幻觉，觉得她其实就是他身体的一部分，最柔软的那部分。

他迷恋这样的祁嘉穗。

过往一切仿佛就在眼前，可一晃眼，风景依旧，泳池依旧。

唯独祁嘉穗不在了。

陈净野站在那儿好久，碧蓝水面泛着一层杂乱的日照粼光。他盯到眼睛有了强烈的刺痛感，才把心里的恐慌压下去。

他转身时甚至安慰自己，她可能只是刚知道真相，一时接受不了，所以暂时离开了一下。她什么东西都没带走，说明她还是要回来的。

她不可能不回来。

她不可能不回来。

她不回来，那些东西怎么办？她不回来……他怎么办？

那太不可想象了。

陈净野上楼找到自己的手机，准备打电话给祁嘉穗。

他从小读书就优秀。成为一个出类拔萃的人对他来说，几乎是不费力的事。他头脑聪明，进了社会更是如鱼得水，在短短的时间里，他甚至快速梳理好了逻辑，准备怎么回应她的种种质问。

他都可以解释。

怎么可以因为以前的错，就否定现在的他呢？

陈芝麻烂谷子的事，当作没发生就好了。难道他们现在不好吗？在一起度过了三年时光，难道就要因为他早年的一个错误，全盘否定吗？

可是电话没打通。

后来一直打也没有打通，陈净野开车找到祁嘉穗的公寓，敲了门没人应，打座机没人接。

直到夜幕压了下来，这个人好像真的在一个早上凭空消失了一样。

陈净野把在 L 市他能想到祁嘉穗可能会去的地方都找了一遍，整整一夜都没合一下眼，但还是没有半点儿音讯。

他再回到祁嘉穗的公寓楼下的时候，遇到了被男友送回来的周馨。

"陈净野！"

陈净野正想跟周馨打听，话还没出口，周馨却先一步出声。

周馨一边翻包，一边笑着走过来，用一副调侃的口吻打趣。

"我说你们俩也是真够奇怪的，别人爱一阵就散了，你们俩就越爱越深是吧？嘉穗都去你那儿住两个月了吧，一趟也不回来啦？搞得收快递的楼管以为这栋就我一个华人女生了，直接把嘉穗的实习通知送到了我家。喏，你带给她吧。"

陈净野心里忽地一空，因为周馨的这个态度，说明祁嘉穗既没有回来，也没有联系过她。

陈净野接过那份国际邮件，心里一阵阵发凉。

陈净野始终没把祁嘉穗说的"分手了"当一回事，依然固执地以为她只是生气了，只是这次气得比较凶、比较久而已。

哪能说一句话就分了？

祁嘉穗要真是想分，应该跟朋友圈里的那些姑娘似的，发条文案说"认清坏男人""跟某某老死不相往来"，或者说什么"青春喂了狗"，总要说点儿什么，而不是只有便笺上的三个字。

陈净野就觉得，她只是单纯地赌气玩"消失"。

就像陈舒月小时候一生气就抱着布娃娃躲到木楼杂屋里，不就是想用玩"消失"这种小把戏，证明自己重要，目的还是想被人找到吗？

他愿意配合她去证明，她真的很重要，非常重要！

只要她回来。

后来的几天，陈净野吃不好，睡不好，因为他们在 L 市所有的共同好友都没有被祁嘉穗联系过，他很担心她是不是出了什么意外。

毕竟国外这么乱。

陈净野托有关系的朋友帮忙留意，哪怕是年轻的华人女生走失，他都要自己亲自去瞧瞧照片才安心。

可晚上还是做了噩梦。

他梦到祁嘉穗被人挟持，梦境诡异又极具真实感：天色阴灰，厂房破旧，祁嘉穗垂头昏迷。他发疯一样地问对方想要什么，什么都可以，多少钱都可以，倾家荡产都可以。

只要把嘉穗还给他。

对方朝他丢了一把刀，叫他把心剖出来，如果剖出来就还给他。

陈净野惊醒，一身冷汗。

卧室昏暗寂静，被面上的手指下意识攥紧了，握成拳，抵消着力气，掌心仍有冰冷错觉。

他感觉自己真的握过那把刀，朝自己的心脏捅了进去，太真实了，以至于梦醒后，他觉得胸腔里都是空的。

窗外月色淡淡，泳池映着浅薄的光。

他下楼喝了一杯水，放下杯子苦笑，这样辗转反侧，祁嘉穗是真会折磨他。

事过一周，陈净野都怀疑祁嘉穗是不是回国去了，祁嘉穗却主动给他打了电话。

对一个赌气的女朋友该怎么说话？

陈净野睡不着的时候，满脑子都在想祁嘉穗，他想她要是气消了一点儿，可能会问他要解释，那他就好好跟她说。

　　如果她气没消，可能会硬声硬气跟他撇清关系，那他就好好哄，什么都由着她，她想怎样就怎样。

　　她要是怀疑他现在对她的喜欢，那他就求婚，跟她保证，他真的收心了，她是他唯一一个愿意结婚的姑娘。

　　陈净野设想了无数种可能性。

　　这些可能性让陈净野安心，让他觉得他依然有掌控局面的能力，让他觉得一切都还可以挽回。

　　他没想到，祁嘉穗会主动打电话给他。

　　就在他欣喜若狂想问她去哪里了、这一周过得怎么样、是不是难受了等一堆问题的时候。

　　一句平静到极点的话从听筒里传来。

　　"我国内的实习通知是不是在你那儿？你今天方便拿给我吗？"

　　仿佛一盆冷水兜头淋下来，他喉咙间所有热切的关心，在那种平和到如同跟陌生人说话的语气里，瞬间被浇熄。

　　一点儿热气都不剩。

　　没有赌气，不怒不怨，好像一切真的像那张贴在床头的便笺一样，一旦被揭下，就翻篇了。

　　陈净野这时才一下蒙了，脸色苍白，原有的逻辑和思路都在他脑子里乱了。

　　他根本没有猜中她。

　　他良久不能说话。

　　电话里，祁嘉穗又说："如果你今天不方便，明后天也行，或者寄给我。"

陈净野愣怔着，声音里有种没有着落的虚浮："东西就在家里，你怎么不回来呢？嘉穗，你在哪儿？你知不知道这几天我担心你，担心得睡不着觉？我很想你。"

祁嘉穗平静地回答一句。

"我现在在公寓。"

"那我来找你。"陈净野几乎迫不及待，也惴惴不安地怕祁嘉穗会拒绝。

祁嘉穗没有，依旧保持着平和礼貌："好，那拜托你把我的实习通知也一起带过来，谢谢。"

这种客气疏离又平静至极的语调，让陈净野浑身别扭。

就像一个古代死刑犯在等午时处斩。日光炽白，午时未到，刽子手烈酒喷刀，高举在死刑犯脖子上。那一刀终究要来，却迟迟不落，刽子手还悠悠地同你谈论，这天气挺好，晒得人舒服。

"你别这么说话，我知道我不对……"

他忐忑到有些茫惑，嗫嗫嚅嚅。

无论怎么措辞都叫他觉得不妥。

他怕电话里语气态度不够诚恳，于是不敢再说，只补了一句："那我来找你，嘉穗，咱们见面说好吗？我真的很想你。"

最开始相识，那时两个人不熟，但是陈净野总有了如指掌的傲气，他猜她总是一猜一个准。

可此时他们相恋三年，他却像从未真正了解过她一样。她的所有反应，都让陈净野措手不及。

就像凌迟，永远不知道下一刀会割在哪里。

但他全身都在疼。

到了祁嘉穗的公寓，客厅里一团乱。

祁嘉穗站在其间，不慌不忙地折着衣服往打包箱和行李袋里放，这场面已经足够叫陈净野震惊。

祁嘉穗抬头看他一眼，轻飘飘地走过来，从发怔的陈净野手里拿过那份薄薄邮件，又走回行李袋旁边。

邮件刚撕开一个角，她恍然地回头，同他说话。

"你还有很多东西在这里，衣服和一些日用品嫌麻烦可以不要，台子上还有两块你的表，都不便宜，你看看要带走吗？"

淡淡的语气，却仿佛抓住陈净野的心脏在用力攥着。他喉头一哽，上前一把抓住祁嘉穗的胳膊问她："你这是干什么？"

"搬家，我要回国了。"

回国是一早定好的事，是他们一起回，陈净野有个无人机合作项目要在国内开展，祁嘉穗去设计公司实习。

只是日期在下个月。

现在提前了也无所谓。陈净野想着，现在除了把祁嘉穗哄回来，什么都无所谓了。他不去在意，只是有点儿委屈地问："我是说，你这是在对我做什么？为什么要这么陌生地跟我说话啊，嘉穗。"

委屈由心及口，由口及耳，感官相通，成倍放大。

祁嘉穗都没有把自己的胳膊扯回来，由他像救命稻草一样抓着，只淡淡地说："我给你留的话你没看到吗？"

想到那张便笺，陈净野更加难受了，他忽然固执得像把年纪生生削去了十岁一样，说着幼稚的话："看到了，但那不算！"

"为什么不算？"

陈净野说不出来为什么不算，如果硬要说为什么，大概是他心里无法接受祁嘉穗跟他说分手，尤其是在他这样喜欢她，甚至愿意为了她考虑结婚的时候。

"你还喊我'Honey'，那不是……"他连分手两个字都不想提，含糊带过，固执又诚恳地看着祁嘉穗说，"嘉穗，那只是你的玩笑，你生气的玩笑，你只是在跟我生气对不对？"

他这张脸的优势实在太强，祁嘉穗想起一个不恰当的比喻，美人蹙眉，祸国殃民。谁能不心疼，谁舍得不顺着他的意思来？

他是天生的宠儿。

祁嘉穗抿了抿唇，没有反驳他："你以玩笑开始，我也以玩笑结束，这样也很好。"

他摇头，着急否定道："不是！嘉穗，我不是以玩笑开始，那时候咱们刚认识，又不了解，我没有认真，也情有可原不是吗？可是我后来真的喜欢你，我只是一开始没有想到……"

祁嘉穗打断了他。她喊他的声音，依然是那把他喜欢的清甜嗓子，柔和且没有攻击性，此刻也一样。

她平静地说出请求："陈净野，咱们不要再聊这件事了好不好？我现在不想怪你，你也不用这样解释了。"

陈净野会错了意，嘴角刚有微微朝上牵起的兆头，还没来得及高兴，只听祁嘉穗已然置身事外地点醒他。

"在 B 城的那个雪夜，你还记得吗？"

祁嘉穗看着他微微一怔的样子，说："你前女友当着我的面，对着你脱衣服，就在咱们度假的房子里，可你随便哄一哄，我就不计较了。陈净野，那时候我太爱你了，爱到昏头，爱到什么都可以不计较，什么都可以原谅，而现在……"

"你明白了吗？"

说完这句，行李袋长长的拉锁被用力拉上，一拽到底，严密闭合，像是往事一笔勾销般动作决绝。

手机亮起，祁嘉穗回复完房东的消息。

她看着自己的手机屏保，笑一下，想起什么事来跟他说，便去翻了一张照片给他看。

那是他们刚开始在一起拍的合照，他在床边烟雾缭绕地抽烟，祁嘉穗穿着他的浴袍，因不合衬而露出肩膀和锁骨，靠在他怀里，安静专注地翻膝头的一本资料书。

祁嘉穗很喜欢这张照片。

陈净野也用这当过很长一段时间的屏保。

"你知道那年我过生日，为什么忽然要让你把这张照片换掉吗？"

他记得，她说照片里她是素颜。

那时候她说他就信了，可现在听祁嘉穗一提，陈净野只觉得有种后怕，为什么呢？竟忽然不敢问。

"你那个表弟梁空，家里经常通宵办派对，你叫我没事过去玩。我后来也不愿意去了，你也不知道为什么，对吧？"

梁空的房子跟陈净野那套别墅挨得很近，有一次她过去玩，有个女模特儿，长相跟姜羽一类，初见祁嘉穗，就笑着跟她说："你本人比照片好看。"

是在哪儿看到的她照片的呢？

那女模特儿自己说："那天晚上，陈净野的手机在床头振动了。他在浴室洗澡，我帮他去拿。你们的合照拍得挺好看的，太晚了，乍一下看到照片上的你，还挺刺激的，你说陈净野是不是也喜欢这种刺激？"

她现在都有些难以想象，自己当时是怎么压着一肚子的恶心回到家的，陈净野回来问她在梁空那儿玩得怎么样，她扯出几分僵硬的笑，说挺好玩的，梁空派对上的那些人说话很有意思。

他不多做关注地上楼。

她一个人坐在客厅，浑身发冷。

陈净野听完迫切否认，说这不可能。

他要解释，却被祁嘉穗打断。

"没有意义了。对错是什么，其实咱们都很清楚，只是……"祁嘉穗说着，没忍住哽了一下，她立马用更沉的声音压住情绪，"只是咱们之间太不公平了。"

"到此为止吧，什么都不用再说了，我不想分开还要再纠缠辩驳，你给我的刻骨铭心真的够多了，我真的很累。就……翻篇吧，以后不要再见面，也不要再联系。如果你真的觉得对不起我，就给我最后这点儿体面，可以吗？"

听到她说以后再也不要见面，再也不要联系了，陈净野只觉得胸腔里传来一阵阵的裂痛。

他完全不能承受这个结果，也无法想象从此以后再也见不到眼前这个人。

"不可以……"

他失控地上前按住祁嘉穗单薄的肩。

这可能是陈净野顺风顺水的人生里头一回诚恳伏低，多少是有点儿难得的。

他不管祁嘉穗的推拒，只想抱住她，一叠声地道歉："我错了，我错了，我不对，我道歉都不可以吗？嘉穗，你原谅我，你原谅我吧。嘉穗，不要说这样的话，那都是很久以前的事了，不要计较了行吗？不要计较了，咱们喊朋友来，我当着他们的面保证，我以后绝不会再做让你难过的事……"

祁嘉穗听着，没了挣扎，眼底渐红。

她忍住泪意，将他稍稍推开一些，依然在他的臂弯范围内，被他按着后背。

那还是一个可以称之为亲密的姿态，与相拥相差无几。

可祁嘉穗的眼里没有一点儿光，她只将食指比在唇上，努力克制不让自己哽咽，声音轻得像羽毛落地，朝陈净野说："别说——"

"如果有朋友问起，你可以说你厌烦了，甚至你说我不好，说我不如你的意，都可以。别告诉他们真相，我不想让全世界都知道祁嘉穗是一个自作多情了三年的傻瓜。别让我再难堪了！求你了，放过我吧。"

话越说越激动。

平复了一周才淡下去的情绪再度涌起，倾巢而出。她哽塞着喉咙，只觉得这一刻难过到无以复加。

不可知的余生明明还有那么长，却觉得这样的痛苦再也不会有了。

不会比这更痛了。

陈净野伸手去抹她眼下的泪珠，祁嘉穗疲倦且冷漠地偏过头，由他用手指在她的脸上划了一下，便合上了眼睛，连再看他一眼都不愿意。

他盯着自己指尖的那条泪线，在她眼下拉长，像他在她身上剖出的一道血口子，这些是透明的血液。

再这样下去，她会死。

她这一脸的心如死灰，昭然可见。陈净野怔怔地收回手指，指腹用力捻干那点泪，忽然沉肃。

他花了半分钟去看眼前的人。

他慢慢意识到，无论怎么哄她可能都已经没用了。这段时间她不是赌气消失，而是冷静思考并做出一个决定，过去的对错不重要了，他现在有多喜欢她，她也不在乎了。

她只想结束。

现在只是在通知他。

想通了这点，陈净野脸上慌乱的神色消失得一干二净，眸底的薄薄一层悲意与那种不顾一切的强势交杂在一起，溢出复杂而破碎的光。

既然她不想听解释，那就不解释了。

但是……

"我不可能放过你。"他说着。

眼神动作都带着不可驳阻的锐意，陈净野将祁嘉穗偏过去的脸以一种温和又固执的力道扳过来，强迫她面对自己，不容拒绝、仔仔细细、沉默不语地给她擦泪。

好像只要他能弄干净，就会有一个如他所愿的结果。

随后连声音都是这样的。

"过去的事情后悔也不可救，你如果觉得难堪，我再也不提，嘉穗，我会弥补你的，我可以做一切事情去弥补，但分手不行。"

祁嘉穗原本惊愕地看着他，后来慢慢冷静下去，反倒溢出一声荒唐的低笑。

"为什么不行？一开始不就说好，因为开心才在一起？现在我觉得不开心了，难道我不可以离开你吗？还是说，这是你单方面操控的游戏，我连叫停的资格都没有？"

听到祁嘉穗说要离开他，说要叫停，陈净野的脑子里那根冷静的弦顷刻崩断，就像牌桌上无注可跟的赌徒，管你还有什么底牌，你都要出局了。

"祁嘉穗！继续留在我身边，对你来说有这么难吗？游戏？你觉得咱们这三年就是游戏？我最开始爱不爱你真的有这么重要吗？比我现在爱你还重要吗？"

他按着她的肩，咬牙切齿地想要把这些话粗暴地灌进她的脑子里。

"对呀。"

但她只是望着他，轻轻地应了一声。

然后目睹他的愕然与惶恐，百十倍地在脸上放大，仿佛他高大、沉默的身躯里正逢灭顶之灾。

为什么不重要呢？

如果不是一开始就以为自己得到了梦寐以求的喜欢，怎么会在被一次次怠慢的时候，还觉得能和陈净野恋爱的自己有多么幸运。

他永远不会知道，她那时候到底有多喜欢他，喜欢到眼瞎耳聋。

他也永远不会知道了。

一场白日梦毁了她这三年来对爱情最后的憧憬和期待，甚至这所谓的旁人告知的真相都不能称之为打击。因为他伤她又何止这一次呢？

不过是风雨飘摇的老房子，由于天不顾惜，屡屡受着坏天气，慢慢砖腐瓦烂。最终一场薄薄春雨，也叫它坍作一片废土尘埃罢了。

大抵日后说与人听，这三年的轰轰烈烈，还能自评一句"也是活该"聊作慰藉。

自然知道自己蠢，但不免自怜，觉得这蠢太情有可原。

当有一道光忽然出现，不偏不倚照在你身上，学了多少年的

"防人之心不可无"也没用。

纵然是凡桃俗李，可又有谁会舍得去怀疑，平庸如自己，其实根本不配被爱呢？

祁嘉穗离开 L 市那天，是一如往常的好天气。陈净野一直开车跟在出租车后面，到了机场，她从司机手上接过行李袋，道了声谢。

他在马路对面，手里的一根烟一直没点。

有一瞬称不上对视的对视，她能感觉到他黑色帽檐下的目光比这日光都烫。

那些情绪在他眼睛里，沉默地沸腾着。

试图穿透某种介质，却最终消融在这异国无边浩渺的碧海蓝天里。

祁嘉穗从舷窗朝下看去。

这夏天，真是盛大。

第一次见陈净野，好像也是这样一个夏，浓荫蔽日，那时候的祁嘉穗天真烂漫。

红气球

陈净野站在人潮里，静静地看着她牵一只红气球朝自己**看着她，**

走来。

车子堵在长安路附近的时候，陈舒月打来电话。祁嘉穗从后视镜上收回发呆的视线，按了一下蓝牙耳机。

"祁嘉穗，你今天要是再放我鸽子，咱们就绝交吧！"

"没有，在路上呢，堵了。等我二十分钟，马上来。"

趁说话这工夫，祁嘉穗照着车内的镜子，把随手低挽的发髻扯散，用手指梳了两下。

车流一时半会儿不会动，她从包里翻出口红，将唇上的豆沙浅粉换成哑光橘红，唇线细细晕开。

忽然，她从镜子里窥见自己眉眼间的一抹疲态。

回国的几个月，仿佛弹指一挥间。

她没听家里安排，怎么劝都没用，坚持自己出来实习，可设计公司的实习工作一点儿都不轻松。

祁嘉穗回国后，放弃了原先那家精英荟聚的外资集团，休整了半月，进了一个上升期的设计公司。

她本来就是想要让自己忙起来，忙起来就没工夫想那些杂七杂八的事了。

但她从没经历过社会毒打，到底还是低估了累的程度。

上天太过成全，她面试通过的第一个月，工作室就迎来了爆单期。何止是累到没工夫想那些杂七杂八的事？她差点儿累到没工夫吃饭睡觉。

之前有个客户着急收房，是带她那师傅手头的项目，客户加钱赶期，一催再催。祁嘉穗当时作为实习期的助理设计师，所以脏活儿、累活儿、跑工厂的活儿都是她干。

祁太太没少数落，说她好好的大小姐不当，自己硬要出来找罪受。

祁嘉穗倒不觉得自己听从祁太太安排，能当什么顺心遂意的大小姐，心想自己干过的找罪受的事，又何止这一桩。

她不在乎了。

在工作这件事上，放以往，祁太太只要软硬兼施，祁嘉穗耳根子又软，见不得她诉苦掉泪，讲那些做人后妈多不得志，磨不了多久终会遂了祁太太的意。

可偏偏这一次，祁嘉穗只觉得越听越烦。越被人按头，她就越是撑着反骨不从，最后干脆自己找间公寓搬出来住。

祁太太本来大有意见，觉得祁嘉穗留学回来主意比以前大多了，不如小时候乖顺。

还是祁嘉穗的父亲发话，说女儿都这么大了，不要事事都管着她，嘉穗从小懂事，不会出错的。

祁嘉穗这才顺利挪进新窝。

回国后，她跟L市的心理医生还保持联系。

再次视频，女医生发现祁嘉穗后面的卧室背景变了。祁嘉穗便跟她聊了点家长里短。

女医生在心里替她算着，她已经很久没有提过那个男人的名字了，忙碌会在心理上给人向前的错觉——好像一切都在好转。

提到祁太太，祁嘉穗这样说："我感觉我现在很叛逆，我就是不想听话。"

女医生却微微一笑，跟她说："注重自我感受，对你而言，是好事。"

这天傍晚，祁嘉穗还在赶工期，下午跑了一趟家具厂，之后陪着几个师傅在楼里监工。

以前在 L 市的时候，那个人闲暇时常带着她去西海岸通宵打牌，哪怕跟几个朋友玩，祁嘉穗都嫌声音吵人，趴在他肩上，贴着脸，搭着下巴，怎么也合不上眼。

现在两个中年师傅在她旁边拿切割机"嗡嗡"地切割瓷砖，她都能趴桌子上，囫囵一觉睡到蒙。

还是其中一个师傅好心过来推推她，轻声说："祁设计，祁设计，你的手机响好久了。"

苏城入夜，室内已经灯光大亮。

祁嘉穗从迷糊中醒来，呆呆看着窗外阴天，好半晌分不清晨暮，看着显示未接来电的手机屏幕，差一点儿就忘了今天跟陈舒月、林灿她们有约。

去年订过婚，陈舒月跟陆奇计划好年后办婚礼。年关底下的单身派对一个接一个，已经开到毫无新意。

祁嘉穗因为工作忙缺席了多次，被朋友调侃，收获一顶"史上最失职伴娘"的帽子。

眼看时间都已经过了晚间六点，她起身简单收拾，临走前不忘交代师傅们明天的工作，然后拎上包，匆匆忙忙从别墅区将自己的小车开出来。

这几年，从国内到 L 市，再到国内，许许多多事情并一块儿，都能用一句"这圈子真小"来概括。

陈舒月的伴娘有四位，除了祁嘉穗和林灿，还有一个大学室友，一个远房表姐。

相应地，伴郎也有四位。

其中一位是陆奇的发小儿，与表姐在去年的订婚宴一见钟情，两个人火速坠入爱河。

相识相恋，不过一载，已经从"初见红了脸"变成"再见红着眼"。

七八个人的包厢里没有人唱歌，只放着低低的背景音乐。表姐接过旁边人递来的纸巾，按在眼皮上，听声音是已经哭过了。

"舒月，我真的没办法再跟他出现在一个场合里。没准儿他还要把他现在的女朋友带着，我真的受不了。"

有知情人士大惊："什么？已经有女朋友了？你们不是上个月才分的吗？这是恋爱？焊接也没他这么无缝的吧？有没有搞错呀！"

"这是脚踏两只船吧？两个人肯定是一早就好上了，恶心！'渣男贱女'！"

听到这话，表姐更难过了。

周遭姐妹手忙脚乱安慰着，你一句我一句地骂着。

在场除了林灿和陈舒月，其他人祁嘉穗只草草见过几面，名字对得上脸，也说不上熟，所以她便没凑上去说些本质上毫无意义的安慰，只做了做递纸的事。

一屋子乱哄哄的女人声音，有建议表姐给"渣男"颜色瞧瞧的，有建议表姐正面硬"刚"的，表姐情绪上来了，一直在哭。她们零星几句提到男方，祁嘉穗隐隐听出旧情难忘的意思。

好像在分道扬镳这件事上，男人永远比女人潇洒。

祁嘉穗心里有点儿不舒服。

等哄停表姐，被冷落多时的麦克风终于有人拿起，应时应景唱完《狐狸精》接着唱《分手快乐》，KTV 包厢里彩灯变幻，祁嘉穗当气氛组。

小部分人还在聊刚刚的话题。

祁嘉穗倏然间听见一个名字，突兀得就像印刷本里的错字，一下叫人卡在那里。

"这样吧，让他们那边换伴郎。舒月，陆奇是你老公，他还不是听你的？换伴郎吧。"

陈舒月愁着问："那换谁补上啊？"

"你哥陈净野呀！陈净野跟陆奇不是大学室友吗？"

"对呀！你哥可以呀。你哥回来没有？"

陈净野在国庆节那天回国。有一个跟国内科研所合作的项目，启动仪式他得到场，这事年初就定好了。

那会儿他跟祁嘉穗还没有分手。

他一贯不喜欢事情脱离掌控，自从有了回国的计划，无论是生活方面还是工作方面，都习惯提前做好了详细安排。

分手这事太突然，也太决然。很长一段时间，陈净野都没反应过来，那阵子几分浑浑噩噩，也懈怠了不少工作。

国内的项目启动仪式之后，他不得不快马加鞭回了 L 市，还有一摊事等着他去处理。

有天他在工作室忙到天亮。旁边两个数据分析师困得撑不住了，他喊了半天才有人应，这才想起来自己的老板身份。

他不走，谁也不敢走。

于是他摆手叫人散了，自己也回家补了一觉。

洗漱换衣，陈净野傍晚又开车过来，远远看见打扮招摇的合伙人戴维，一下车就听他在那儿拿腔怪叫："哟，哪儿来的忧郁王子啊！"

陈净野甩上车门，往被晚霞橘光蒙覆着的车窗玻璃上一看——头发长了，多亏一张好皮相的功劳才不显颓废，细碎的长发梢已经半遮眼睛，轻蔑一笑还真有点儿戴维调侃中的味道。

陈净野直接进了公司的门，没理他。

戴维追过来，笑嘻嘻地道歉，说这些天他没正经上工，也是事出有因，实在是温柔乡要人性命。

他最近跟一个混血模特儿好上了。

戴维跟陈净野一起进电梯，殷勤按了楼层，有滋有味地跟他没话找话。

"阿野，我也有点儿搞不懂你了，你说你吧，开年后你就风风火火，恨不得立马把老巢搬回国内的架势，我听人说你还在国内买了房？真的假的？"

陈净野淡淡地瞥了他一眼，没搭他的话茬儿。

戴维继续吐槽："之后到七八月，有阵子你人都找不着了，我那会儿跟 Alex 还猜是不是国内的合作项目黄了，心想不可能啊，不是那边巴巴求着你带技术过去吗，还是嫌他们给少了？"

"Alex 说不可能，嘉穗都已经回去了，咱们陈大少爷游也得游回大洋彼岸。果然，你十月按期回去了。对了，嘉穗现在干什么呢？"

忽然从旁人嘴里听到那个名字，陈净野漠然前视的目光一怔，好几秒后才有回温的兆头，他迎上戴维寻常又好奇的神情，也作寻常地吐出四个字："室内设计。"

陈净野这阵子有些反常。

私下里，陈大少爷烟酒都爱，但在工作上，倒是一个秉持人道主义的好老板，不主张加班，更是忌讳无效率的"以岗为家"。

上一次科研部遇见头疼的技术难题，那时国内春节刚过不久，碰上他女朋友祁嘉穗生日，陈少爷大手一挥，包下豪华游艇，带着项目组的一干人等度假放松。

别说是西海岸，全地球也找不到这样的好老板。

张弛有度，拿捏人性，无论作为老板还是合伙人，陈净野都找不出一丝一毫错处。

可就是这样的人，最近长期耗在公司，昼夜不分，有时候能感觉到他特别专注，底下的人递上来再详备的测试方案，他都能提出更精益求精的建议来。

可有时候，他走神得可怕。

那天夜里，调试数据都已经导出去了，他在屏幕前呆坐了两小时，一动不动，员工轻声去喊他，他猛一回神，又若无其事起身，拂拂衣摆，说："好了，把数据导出去吧。"

几个员工面面相觑，噤若寒蝉，没人敢跟他说那是两小时之前已经完成的事了。

以上这些都是戴维今天一进公司就听来的。

他想不通原因，按说陈净野和祁嘉穗回国的事，陈净野早过了兴奋期，唯一能解释通的就是，祁嘉穗回国了，陈净野太久没见着她，才变成这样。

他的喋喋不休，从陈净野那儿得来的反馈是兴趣缺缺。

眼看着天就要被聊死，戴维话锋一转，又提到自己最近好上的那个混血模特儿。

"她认识你！阿野，咱们这圈子真小！"

陈净野的声音到这句总算是有了点儿起伏，只微微扬了一点儿调子，却也不那么在意："她认识我？"

"真的！真绝了！你那个表弟梁空，爱攒局办派对的那个，记得吧，她跟她朋友之前去梁空的派对上玩过几次。"戴维没给他时间细想，接着说，"我当时一听，完了，又吃到窝边草了！"

陈净野的眸色冷了下来。

跟祁嘉穗恋爱这三年里，哪怕是最开始没想着认真那会儿，他也没在外面真招惹过什么。

当然，他没什么高尚品格，那时候对"忠贞"这两个字更是没概念。他只是不屑玩这种烦神的花头，连说谎话的一点儿用心都吝啬，没工夫应付两个甚至多个女人，更做不来两头唱戏的活儿。

如果那会儿真有比祁嘉穗叫他更看对眼的，他大概会直接分手了。

骗女人对他来说是太费力的事。

那一年的陈净野，根本放不下身段哄人。

可后来，也还是骗了。

宋杭回国前为了祁嘉穗差点儿跟他在酒吧动手，事情闹得不小。祁嘉穗问过他两次，他跟宋杭之间怎么了，明明他们之前关系挺好的。

陈净野甚至想不起来自己当时回答了些什么，大概是顾左右而言他，只有祁嘉穗仰面看他的那双清澈的眼睛，叫他印象深刻。

也让他的心慌得像被石子惊动的湖面涟漪，一圈圈扩大蔓延。

收不了场的，他早就知道。

可人嘛，慌到极致就会心存侥幸地麻痹自己，就好比人之将死，逢庙烧香，多活一时是一时。

不知怎么就在心里嘲讽了自己一句。

陈净野再看旁边眉飞色舞的戴维，这人跟自己是合伙人，但说好朋友就有点儿犯不上，想到他刚刚说的话，"窝边草"更是戏剧的说法了。

这帮人哪有这种廉耻？

陈净野没所谓，神情只是冷淡。他往自己的办公桌后一站，信手取一只笔拔去笔帽，甚至都懒得多问一句，似笑非笑地应了一声："挺好，你以前就想过，现在心愿达成了。"

戴维一时面色讪讪的，"嘿嘿"两声，撑住了笑。

之前，他是对姜羽有点儿意思，当时顾及着陈净野模棱两可的态度，不太好追求。

还有更重要的一点，就是那时候姜羽对陈净野余情未了，他也没法儿追求。

后来知道陈净野那么宝贝祁嘉穗，戴维没少从中作梗推姜羽一把，目的当然是希望姜羽尽快死心。

这也的确有效。

那年早春，陈净野带祁嘉穗去 B 城度假看雪，时间、地址都是戴维提供给姜羽的。

旅行回来，陈净野和祁嘉穗好得像蜜里调油，他甚至带她来过工作室。她哪懂这些机械设备？问东问西，陈净野也不烦，拉着她的手带她一间一间地看。

他们临时起意，还用一堆测验破烂组了一个质量欠佳的 AI（人工智能）机器狗，那只叫"CC"的傻狗除了追着自己尾巴咬和机械性地抬臂握手，只会说生硬的"爱老虎油"（"我爱你"的英语谐音），蠢死了，却逗得祁嘉穗很开心。

当时他跟 Alex 只对视一个眼神，感觉有点儿匪夷所思，那种男人与男人之间的匪夷所思，意思明显——有点儿宠得过头了。

陈大少爷一向私人生活和工作分得清楚，楚河汉界画得分明，他不在意的姑娘是不会越过这条线的，他这人是最怕麻烦的。

这两个人倒好了。

只可惜了，那件事之后，姜羽在 L 市消失得干净。

所以你要问戴维这混血模特儿哪儿好，头一条就是——她像姜羽。

她真的很像姜羽。

电梯到层，戴维笑着跟陈净野说："误会！大误会了，我问清楚了才上手的，什么窝边草，离你那窝十万八千里远！她特像姜羽，长腿细腰，一米七几的个子，美艳型的长相，真的有七八分像，我那天在酒吧外面看到，立马追上去了，我还真以为姜羽回来了。"

"她的姓挺特别，姓平，叫平薇薇。"

"她说认识你，就在梁空的派对上，说那会儿对你有点儿好感，你特别'高冷'，没给她一个好脸色。"

戴维拍了一下他的肩："好兄弟，我可还给你解释了，我说他可能喝多了认错人了，拿你当他一个前任了。哈哈哈，阿野，你这在外的做派不够温柔啊，得善待美女呀。"

陈净野一耸肩膀，把那只手不愉快地抖下去，实在是听得耳朵烦、脑袋疼："行了，准备开会吧，技术那边的新方案你去看看，不行就打给 Alex 叫他尽快解决，我没有多少时间在这边耗。"

戴维乖孙子似的应下，从他桌上顺走一罐薄荷糖，抛一粒进嘴里，哼着小曲走了。

陈净野看着合上的门，扯唇一笑。

春风得意马蹄疾。

他也有过这种时候，大概就是今年过年回 L 市之后，感情和生活处处都顺，如今想来做梦一样，他太享受那种状态。

明明工作里有一堆破事没解决，但他那会儿一点儿不烦一点儿不燥，甚至嘉穗生日还高高兴兴带一帮人出海庆生。

偶尔头疼起来，他提两句工作上的事，总有一道温软声音陪在他身边。

他往桌上摔了文件，忍不住骂人："什么智障脑子能做出这种方案！"

她从厨房端热汤来，皱了皱鼻子，故意学舌："智障呢！"

陈净野就压着笑问："你骂我呀？"

她说："没呀，跟你同仇敌忾呢，心情有没有好一点儿？"

怎么没有呢，心情好到忘了那些破事，只记着跟她窝在书房椅子上的各种腻歪。

而此时，暮色照耀办公室的整扇落地窗，陈净野陷在白昼最后一丝的光与热里，忽然就难受了一下，很短暂的一下。

他快速翻开桌面上的合同，用让脑子过数据的方式来转移注意力。

十来分钟后，助理来敲门，通知会议要开始了，各部门人已经来齐，陈净野松了一口气，强迫自己专注。

就好像硬憋了一口气钻进水里般不舒服，但周遭的一切迫使他必须忍着，一口气不能松。

否则情况只会更糟。

会议室里的声音将他拉进紧锣密鼓的工作中，他又成了专注力惊人的陈净野，这是他回国后的第一个项目，开门红非常重要，做技术其实挺简单粗暴的，能完成其他的人所不能，就是最好的通行证。

思绪不知道是从哪一刻开始游离的，他起初看着投影，很满意这次提供的技术方案。国内的应酬要比 L 市这边复杂迂回得多，硬实力会让他在合作方那里省下不少力气。

他大概下月初要回国。国内工作室已经装修好了，只等他最后去亲自验收。

他已经看过国内发来的图，跟很久之前祁嘉穗替他画的设计图几乎没有出入，晚上站在窗边能看到苏城的江。

对岸的广告牌、江上的轮渡船……

这些画面一张张破碎，然后他想到几个月前的分道扬镳。一切历历在目，飞机的轰鸣、刺目的夏日阳光，他那天站在机场门口久到差点儿脱水……

她对他失望至极。

在她的小公寓里，她说在梁空的别墅，之前过去玩，有个女模特儿故意跟她搭话挑衅，那个女模特儿，长相和姜羽相似，他在浴室洗澡的时候，那女模特儿看了他手机，那时候他的屏保还是和祁嘉穗的合照……

很久以前的事了。

忽然，耳边响起不久前戴维说话的声音——

"她的姓挺特别，姓平，叫平薇薇。"

"她说认识你，就在梁空的派对上，说那会儿对你有点儿好感，你特别'高冷'，没给她一个好脸色。"

"好兄弟，我可还给你解释了，我说他可能喝多了认错人了，拿你当他一个前任了。哈哈哈，阿野，你这在外的做派不够温柔啊，得善待美女呀。"

会议散了。

陈净野坐那儿没动，目光沉沉，看着收拾文件起身的戴维说："你留下。"

其他人看他们一眼，以更快的速度撤离现场，还贴心地关上了磨砂玻璃门。

戴维坐在他对面，也有点儿莫名其妙："有事啊？"

"你认识的那个女模特儿，叫平薇薇，说认识我，对吧？"

他的声音很和缓，听不出什么山雨欲来的兆头，戴维几乎没停顿地接下话，点了点头说："是啊，刚刚不跟你说了吗？"

"她还有没有跟你说过别的？"

"什么啊？"

戴维感觉有点儿不对劲儿了。

他正往歪处想，冷不防被陈净野冷下来的脸色吓到。

"约出来。"

他要亲自问她。

约的地点就在公司附近的小酒吧，没什么讲究。

深夜，陈净野提着大衣从酒吧出来。正是上客时间，前门人来人往，他呼出一口浊气，心想这家的威士忌可能是假的。

他没兑冰，喝了半瓶。

L市的冬夜没有冷风，他站在街道上，人却还是这么清醒，清醒地记着，那个叫平薇薇的女人说话的表情和口吻，以及缩在戴维怀里招人厌的模样。

七八分像姜羽的面孔，跟姜羽如出一辙的气质。

"我又不知道你当时认错了人，大家都是出来玩，那晚刚认识，你那么没品甩脸色给我，让我在我朋友面前很没有面子。"

"后来……后来我也是好心才扶你进房间休息的。你呢，进浴室前直接甩了一沓钱让我滚蛋，你当我是什么人哪……我也没跟她说谎话呀。我当时看到你的手机屏保的确挺惊讶的，感觉你们这种男人不会拿和女朋友的合照当手机屏保。我如实说的而已，她也没问别的。"

"她信了，这就说明，你在她心里就是这样的人。可能是你以前没少做让她失望的事，她对你根本没有信任，才会问都不问就对号入座，这可怪不到我头上！"

"你以为没有压死骆驼的最后一根稻草，这骆驼它就活得很轻松吗？苦日子可太多了！没准儿对她来说，跟你分手，就是她的解脱。"

呵。

陈净野笑了。

没多久，路边停来一辆车，车窗降下。助理看着他，担心地说道："老板，你还好吗？要去买点儿解酒药吗？"

他摇了摇头，觉得自己没醉，英俊的脸上依旧是八风不动的笑容，径自去开车门。

车子穿行在 L 市的金粉夜色里。

降窗吹风，却怎么也压不住一股翻涌的恶心。车子快开到别墅附近的环岛，他紧急叫停。车轮刚急急地稳住，他就跌跌撞撞半摔出来，狼狈弓身吐在了花坛里。

助理连忙取了水递来。

陈净野趴在栏杆上，声音像被磨坏的砂纸，哑得吓人："给我订一张回国的机票。"

助理问："订哪一天的？"

那一问，也像叩进了他的心里。陈净野抬起头，迷迷蒙蒙看着混沌的前方，眼底是一种酒热烧尽的凉，什么也映不进去，脑袋里头疼欲裂地闪过些画面。

半晌过后，他像醒了似的，语调也变了，笑不像笑地扯了扯唇角，只说："照现在的日程安排，能哪天就哪天吧。"

月底，陈净野回了国。

回苏城后，生活也没什么变化，无非是从这个研究所折腾到另一个研究所，中间穿插数个大大小小的饭局宴会。就如一块块严丝合缝的瓷砖，将黑夜白昼铺得满满当当，时间以一种麻木姿态流逝，回顾起来也没有重心，都是泛泛，不过尔尔。

数据几摞，闲人若干。

以及某次匆忙回家，听他妹妹陈舒月在客厅跟陆奇说话——

"你那几个伴郎联系了没有？待会儿去试礼服。伴娘都是我姐妹，麻烦他们捧场一点儿，别到时候摆张冷脸，闹得不好看。"

四位伴郎自然领命捧场，什么"仙女下凡"的话都夸得出。

在场的伴娘只有三位，另外一位据说工作太忙抽不出时间赶来。这三位伴娘提着裙摆转圈圈，也没叫气氛难堪。

只有破天荒跟着去的陈净野，深沉得厉害，中途就走了。

一座城说大也大，说小也小，有些人没了缘分，兜兜转转也凑不到一块儿去。

这一年，苏城的第一场雪下得比往常早，中午起风降温，雪落在天光昏沉的傍晚。

陈净野往数据测试中心去，被堵在高架上。

车子堵成一串，看不到头。

听外头嚷嚷着路过的司机说，前头发生了一起颇有看头的交通事故，一辆兰博基尼碰了两辆车。

"女司机！女司机！说要喊她老公过来。"

"这么年轻开兰博基尼，啧啧啧。"

"看！下雪了！"

一片小雪花飞进车窗缝隙，掉在陈净野手背上，细细一点，修长白皙的手指间正夹着一支香烟，他吸得重，猩红火星在烟草脉络里蹿起来似的燃烧。

他一松开嘴，白烟冲天，模糊了他的面容。

白烟里的陈净野垂着眼皮，看着手背上那一点儿雪白的小东西，忽有兴致地伸另一只手去捻。

他根本捻不起来。

一瞬间就化了。

只觉得有一点儿凉。

祁嘉穗按着手背上那点融化的湿，焐着那点儿凉意，站在茫茫的车流中。苏城的第一场雪，在巨楼高架横穿竖贯的钢铁森林里，落得默然，似宇宙里一场无声的尘埃。

她拉起牛角扣大衣后面的兜帽，盖在自己脑袋上，轻轻叹气。

实际上周围太吵了。

那位开兰博基尼的年轻女士，不久前撞了她和另一位中年师傅。

祁嘉穗人没大碍，车刮得重些，而那位开"五菱神车"的师傅，据他自己说脑袋撞到了。他自己诊断的结论是相当严重，于是车子现在也启动不了，横在路中间。

祁嘉穗打电话跟公司那边报备情况，人留在现场等着后续处理。

其实只要协商好，她可以留下联系方式就走人的，可没由来的，在这阵子忙到连伴娘服都抽不出空去试的工作节奏里，因这一撞，歇了一口气。

她像是回味过来自己不过肉骨凡身，也是会累的。

就想躲个懒，今晚不去加班了。

看另一位被撞师傅的拙劣演技，十有八九是要讹诈一笔，周围瞧戏的一圈看客窃窃私语，一不小心道出师傅心声。

"这开车上路，能被兰博基尼撞到，人没事，车有事，那怎么着人也得有点儿事。"

年轻的女车主下车后，立马戴上黑超墨镜，光鲜亮丽得跟明星似的，顶着风雪，娇花一般打着电话，说要叫自己老公来处理。

她跟中年师傅说话时都能撑得住一副富贵娇纵的架子，可那通电话拨出去，不知道她所谓的老公说了什么，她反倒一抿嘴，掉了两滴泪。

软软地跟电话那头说："什么小事啊？人家都吓死了。"

祁嘉穗站在一旁，双手插进大衣衣兜，一低头，温热呼吸便钻进半蒙着脸的围巾里，乍暖还寒地回馈她。

她维持着这个半缩脖子的姿势，低头看那台已经破相的车。无论国内还是国外，她见过的，开 Huracán 的好像都是女生。

她收到过一台白色的，停在她公寓楼下的车位上，自己开出去的次数，屈指可数。

不知道是不是闲得无聊，她开始总结共性。

那屈指可数的次数里，她也"不负众望"地开着那辆 Huracán 撞过别人的车。当时也是慌得不行，第一反应就是给那个人打电话，叫他来处理。

好像她也在电话接通时一下就委屈地哭了。

他也哄她说是小事来着。

当时滤镜多重，迷恋他的云淡风轻。

其实回想起来根本不是什么大事，无非是对方态度差了一些，嗓门儿高了一些。

可那时候的祁嘉穗，好像过分依赖到不能独立行走，做一只被遮风挡雨的"金丝雀"，乐在其中，喂什么吃什么，说什么信什么。

未见山野，不知晴雪。寄居一隅，整天烦的是他身边有没有别的雀，猜那些奇奇怪怪的雀，甘当一只雀。

何其悲哀。

女司机的老公不是众人期待的七老八十的"老 baby"（老宝贝），叫这出英雄救美戏剧性大减。西装革履又风度翩翩的成熟男人朝中年师傅与祁嘉穗递来名片后，又下意识护住小娇妻肩膀，叫这画面养眼得又似偶像剧。

洽谈不过十来分钟，男人就处理好了一切。

祁嘉穗呼出一口气，望着渐大的雪势，拂了拂肩臂上的半化的水雪，钻进自己暖气充足的小车里，将那张印着"盛禾科技公司总经理"的名片放进杯槽，吸了吸发囊的鼻子。

这天气不用加班，可以窝在被子里睡一个长觉，单是想想就叫人倍感幸福。

她在 L 市那几年不恋床，除了跟那个人纵情声色的夜晚，其余的时候活得像社交软件上那些炫耀自律的博主，早睡早起，遛狗健身，连减肥餐都要摆盘精致。

反倒是那个人，无论是工作还是生活都经常昼夜颠倒，但凡得闲就非常爱睡懒觉。

祁嘉穗现在才能理解。

任何东西一旦过分富余，就难生痴迷，不值珍惜。

适用于一切消遣，包括爱。

就像她以前偷摸看的小说漫画，这次回国搬家，再翻出来瞧，也不过就那样，甚至会分不清，那时候到底是喜欢内容，还是喜欢在本不被允许的情况下，偏将它翻开的禁忌感。

车流渐渐疏通。

车子刚开下高架，陈净野就接到助理打来的电话。车流刚堵的时候，他抽完两支烟，也不见好转，提前叫助理捎话，说他堵在路上，可能会晚到。

这会儿，助理在电话里说，让他不用着急赶过来了，开车注意安全就好。

"盛禾那边的负责人刚刚打电话过来，说家里太太出了一点儿事，今晚没办法过来了，还说之后请您吃饭，叫您一定赏光。"助理说完又问，"老板，那您今晚还过来吗？"

手腕搭出车窗，弹了弹烟灰，他望一眼漫天落雪的灰沉天色，想不出除了工作之外的第二个选项。

他双腮一瘪，抽掉最后一口烟，往导航上看了一眼。

"过来，等我二十分钟。"

他还憋着那一口气，在水下不敢松开。

这场雪断断续续地下着，陈净野在国内的数据测试中心忙了两个通宵，抽掉了好几包烟，一身烟气，精神不振。

他从走廊回来的时候，遇见测试中心早上来上班的办公室主任，对方远远地打招呼："早上好啊，陈总，又跟着忙通宵啊？"

他点头的幅度很小。因为熬夜有些透支过头的迟钝感，加上个子高只穿一件单薄白衬衫，他站在落雪的廊窗边，有种被雪光映透的苍白，慢了一拍才跟对方说："早上好。"

对方问及现在的进度。他们正聊着，陈净野的助理小邹从另一头小跑过来，手里拿着陈净野正在响铃的手机。

"老板，你的电话。"

大半年前，他在 L 市中心大道的珠宝店订过一枚黄钻戒指。

相比于其他彩宝，黄钻的产量非常高，全世界都有产出。但黄钻太容易出次品了，饱和度和色相极难追求，像那样的艳彩黄，光裸钻就要七位数，买手在拍卖行的电话委托里跟他形容的是一个非常夸张的词——世所罕见。

"比您的未婚妻在柜台试戴的那枚品级更高。"

现在，这枚戒指完工了。

珠宝店的经理携密码箱来华，要亲自送到他手上。飞机甫一落地，电话便打过来，问陈净野什么时候有空，这边就送货上门。

经理试图唤起他的期待，说："您看到这枚戒指的实物绝对会惊喜，太美了，真是太美了！"

瘪软的烟盒里剩下最后一支烟。他一手接着电话，另一手将烟抖出盒口，单手捏住盒口，将烟送到双唇间轻轻抿着，含糊不清地应了一句："是吗？"随即拿打火机点着火，手指捏住香烟，朝窗外的纷纷小雪吹了一口轻佻的烟。

小片的白烟很快消散。

他眼里倒映着外头的枯树白雪，也是灰扑扑的，没什么生气。

有人路过跟他打招呼，他逆着光，侧脸微微点头示意，对电话那头说："就现在吧。"

即使珠宝店的经理言辞再夸张，鉴定证书也不会骗人，这枚已经到了收藏级别的公主方戒指，比之前门店展出的那枚，要贵重得多。

可不知道哪里出了问题，陈净野捏在手上看，转了两个方向，怎么看都好像没有那晚戴在嘉穗手上的那一枚好。

他沉默着、打量着、比较着，最后只能得出一个结论——他的记忆出了问题。

有些宿命式的预兆是讲不清的。

譬如那天晚上在 L 市的中心大道，他在灯光如昼的珠宝店，看祁嘉穗试戴戒指，那枚心形黄钻戴在她的无名指上，熠熠生辉，却像在他心里紧紧箍住什么一样。

而祁嘉穗只是由他捏着手指，她垂着眼，抿着唇，一句话也没说。

那副模样，叫当时的他忽然很难受，心脏上像压着一块巨石。

心灵鸡汤最擅长给人希望，说种一棵树最好的时间是十年前，其次是现在，"为时不晚"四个字，被各种花里胡哨的句子包装得花样百出。

那时的难受，就像天外来音一般讲着相反的道理。

很多事，等你想起来做的时候，就已经迟了。

很迟很迟了。

那瞬间，他是真想跟祁嘉穗求婚的，偏偏当时那枚戒指买不下来。

他该懂那难受里的歉疚，是对她的亏欠。

可他自负惯了，不愿面对，不愿剖白，只想着日后弥补就好了，弥补即无错。

而现在他以弥补之名，拿到一枚更好的黄钻戒指，却没有了主人。他怎么瞧，都觉得不如之前那枚好，思来想去，大概是因为这无可言说的遗憾太流光溢彩。

收起戒指，陈净野提着小密码箱，回了一趟陈家。

陈舒月在客厅不知道跟谁打电话，余光瞥见他进门，快速结束通话，将亲哥哥一声喊住。

"哥，你愿意当伴郎吗？"

陈净野因为困倦，表情淡淡地看着陈舒月，听她把陆奇发小儿跟表姐的"恋起"与"情散"简单讲了一遍。

陈舒月摊了摊手，也是没办法，说："出了这样的事大家都不想的，但我好好的婚礼，筹备这么久了总不能缺一个伴郎吧？"

不知想到什么，陈净野的眼神小幅度活泛了一下，随即又隆起眉心皱褶，犹疑地问她："你那些伴娘都没有意见？"

陈舒月被问得莫名其妙。

"她们能有什么意见哪？她们肯定是希望我好啊。"想到那天在礼服店试衣服，陈净野半途走人，陈舒月以为他说的伴娘有意见是这个，便摆摆手说，"放心啦，大家都知道陈总分分钟千百万，个把小时就搞出新的科技拐点，理解你是大忙人啦！这伴郎你当不当？不当，我就要跟陆奇说，让他尽快再选别人了。"

"我考虑一下。"

陈净野丢下一句话，往楼上走。

陈舒月往沙发背上一伏，目光聚于一处，问道："哥，你手上拿的是什么呀？"

"少管我的事。"

陈净野这人，用"专注"形容不大合适，他身上缺一种执拗不悔的气质，更像是秉性使然，习惯性地要把事情做到极致。他工作时是这样，不工作时睡觉也是这样。

在国内读大学那会儿，他就是这样，陈舒月那时读高中，周末喜欢带朋友回来玩，他从系里回来，往床上一倒，想睡个囫囵觉都难。

对面房间的门一会儿开，一会儿关。三两个小姑娘的声音又尖又亮，也不知道哪儿有这么多好笑的事。

陈净野一边蒙在被子里烦得不行，一边觉得跟小姑娘真是有代沟，他以后找对象也要往成熟懂事那种找，小姑娘真烦。

之后他干脆周末不回家，任陈舒月往家里呼朋引伴，他长包酒店图个清净。

现在也是，在家别想睡个好觉，他的亲妈贯彻"不吃早饭伤身体"的指导方针，不顾他昨晚几点才睡，硬是叫保姆阿姨三催四请将他从床上烦起来。

洗漱过后，他一身低气压下楼，面孔冷若冰霜，好似此刻天塌了也别指望他能从金贵喉咙里说出一个字。

只自顾拖开陈舒月对面的椅子，毫无兴趣地扫过桌上的丰盛早餐，然后他坐下，没跟任何人打招呼。

准女婿身份的陆奇一早过来，正跟陈夫人说话。

陈净野一点儿不关心。

但好巧不巧，他就是话题中心人物。

陆奇说："阿野不能当伴郎吗？为什么呀？阿姨。"

陈夫人扫了一眼这位刚刚入座的"前世债主"，对陆奇说："虽然你和月月是西式婚礼，但有些规矩还是要守的。阿野是月月唯一的哥哥，当然要负责送月月出门，怎么能当伴郎呢？你再——"

陈夫人的声音忽地被陈净野打断。

"为什么不能？"

陈夫人纳罕了须臾，又转头嗔怪儿子："哪儿有那么多为什么？规矩就是规矩，这就是你的命！好了，好了，不说这个了，反正就是不行啊。"说完，她细细打量起陈净野，总感觉跟去年过年那会儿比，他瘦了一些，气质倒是又稳重了一点儿，话也少了。

陈夫人知道自己的这个儿子本事大，在外国混得风生水起，玩得五花八门，她懒得管，也管不到。

现在人回来了，难得就在自己眼皮底下，听说他今年开春那会儿还在苏城买了房子，看来是年纪到了，有点儿心定下来的兆头了。

她便忍不住落俗地催一催。

"阿野呀，工作是没有头的。你妹妹年后就要结婚了，你自己的个人问题也要考虑考虑。咱们家的情况你也清楚，只要是好人家的姑娘，你想娶谁，我跟你爸呢，会尽量尊重你的意思。"

陈净野不接话，陈夫人便扬声点名："听到了没有啊？大少爷。"

于是有了一句敷衍拖声的"知道了"。

紧随其后是对面陈舒月的清脆笑声，笑得半点儿脸面都不给："还好人家的女儿？好人家的女儿敢跟他谈吗？妈，佩佩姐不是跟陆奇发小儿分得难看吗？前几天我们还在 KTV 安慰她，你知道有人说什么吗？"

陈夫人看了过去。

陈舒月说："她们说我哥了，说陆奇那个发小儿明明看着挺老实的，又不是陈净野那样的'渣男'面相，居然还脚踏两只船。"

陈净野听她们母女两个说说笑笑，坐不下去，草草擦嘴，丢了餐巾上楼。他这一觉睡到下午，把前几天缺的觉全补了回来，人精神了，浑身骨头不痛快。

陈净野处理了几份工作邮件,晚间接到一通物业的电话。

说他那装修到一半就停了的独栋,朝西边有扇窗没合严,沾雨受潮,木地板翘了好几块,问他要不要来看一看情况,要不要处理一下。

等到祁嘉穗知情时,陈净野当伴郎这件事已经被否决。

陈舒月在电话里说:"反正我妈就是不让嘛,现在打算找陆奇的另一个朋友。对了,嘉穗,你那天说在高架被一辆车撞了,你人没事吧,后续怎么样了?"

"人没事,车送去修了,补漆,换大灯。对方车主还挺好的。"

那天,祁嘉穗不过是在中年师傅嗓门儿大起来的时候,站到中间调和了两句,在她老公没到场前,跟那位年轻的许太太多说了几句话,没想到之后电话里说完赔偿事宜,对方问祁嘉穗:"祁小姐,那天你说你是室内设计师,对吧?"

祁嘉穗说"是",又客观补充了一句:"我今年才刚毕业。"

对方说没事,邀请祁嘉穗来家里看看。

房子一早装修好了,结婚的时候本来说好不要孩子的,但婚后这两年许太太实在太无聊寂寞,现在她跟丈夫又有了要宝宝的计划,打算辟一个婴儿房出来;想让祁嘉穗过来帮忙看看哪里合适。

跟陈舒月打电话时,祁嘉穗正撑着一把小伞,顺着园区指示牌,找许太太家所在的二十六栋。

路灯昏暗,天上飘着落地即化的小雪,薄薄的透明伞面上

"簌簌"响，祁嘉穗踩着长靴走在潮湿的园区路面上，富人区栋距阔，她进来已经走了十多分钟，可能还是绕了路。

冬衣穿得有点儿厚，这会儿后背已经开始微微发热，跟陈舒月在电话里闲聊着，祁嘉穗的嘴里吐出成片的白雾，人倒是不觉得累，看着很轻松。

身后有车轮碾过的声响。

祁嘉穗下意识往路边别了别身子让路，后面的车子行过去，在她旁边带过一阵寒风，待她视线再朝前，只能看见一个闪着灯的车尾。

祁嘉穗很轻地笑了一下。

这小区兰博基尼的含量可真高。就她见过的已经两台了——许太太的 Huracán 和刚刚过去的黑色 Urus。这车知名度虽然不如兰博基尼旗下的 Huracán 和 Aventador，但却是货真价实的 SUV 界天花板。今年在网上吹得神乎其神的"大 G"到它面前也只能算"弟弟"。

难怪知道她要来这个小区，公司里带她的师傅亲自她送到电梯口，语重心长跟她说，好好跟这位许太太沟通，这单成了以后，她随便介绍几个亲戚邻居什么的，潜在客户够忙三年。

祁嘉穗正走神，手机里又有电话切进来，于是她匆匆结束跟陈舒月的闲聊。

许太太问她到了没有，让家里的车去门口接她。

祁嘉穗从伞下抬起头，望了望路标。

"不用了，许太太，我快到了。"

进了园区后，车子低速行驶。拐弯前，陈净野往车窗外看了一眼，没别的，半露天的车库停着一辆破相的 Huracán，车头凹瘪，撞得挺惨。

祁嘉穗有一台一模一样的，停在 L 市的公寓楼下。

分手两周后，也是她那套小公寓到期的日子，他花了一点儿钱，让那个白人楼管拨了一个跨洋电话出去。

楼管对电话那头的祁嘉穗说："您好，祁小姐，因为您的房子到期了，楼下随赠的车位也相应到期，不久新租户入住可能也需要停车。您车位上那台白色的兰博基尼方便过来开走吗？"

那时候，宋杭和蒋璇都已经回国，周馨和新男友去了 T 市，所有祁嘉穗可能联系的朋友那段时间都不在 L 市。

包括她自己。

"可是我已经回国了。"祁嘉穗这样说，"我记得我走的时候不是跟您告别过吗？我两周前就已经离开 L 市了。"

白人楼管抬眼看了一下陈净野，男人英俊，没什么表情，而手里那一叠不薄的钞票，胜于一切表情。

她跟祁嘉穗说："那你现在可以联系认识的人过来帮你把车挪走吗？"

那会儿陈净野在想什么呢？他靠着桌子快速算了一下祁嘉穗可能会去拜托哪些人，这些电话打出去至少需要多久？

可出乎意料，祁嘉穗没舍得让他等。

她只是说："不用了，我不要了。"

白人楼管惊讶地说道："啊？这么好的车不要了吗？"

因为开着声音外放，所以陈净野听到她轻轻笑了一声，介于嘲讽和无所谓之间最叫人郁结的点，似钝刀子朝心口猛扎过来，她说："也不是很好吧。"

白人楼管本来还要说什么，那头的祁嘉穗清晰地重复，说她不要了。

然后挂了电话。

白人楼管听那头的忙音，略尴尬地看着陈净野，那表情似乎在说——已经尽力，真没办法了。

这台白色的 Huracán 购置于 B 城的车展。当时祁嘉穗读大三，春节后不久就是她的生日，他当时送这车给她当礼物，她一开始还不肯收。

单子都签了，回小楼的路上她还是忍不住说，觉得这礼物太贵重。

陈净野揉了揉她的脑袋，跟她讲，哪儿贵重了？他以后还会送她更好的，这才哪儿到哪儿？到时候她就知道了，一台玩具车而已，也不是很好。

他为她准备的更贵重的礼物还没机会送出去，昔日道理，她倒是用自己的方法悟透了。

那台黑色的 Urus 匀缓减速，最后停在三十二栋门口。两个物业员工一早就在等着，因为天气冷，冻得脸都发僵。可一见他下车过来，两个人立马堆起殷勤周到的笑容。

落雨沾水属于自然灾害，窗户没关是人为过失。

当然了，这过失与他们兢兢业业的物业公司无关，是之前那批装修工人的疏忽之错。

两个机灵的员工迅速将利害关系划分得清清楚楚。

"您还记得是哪家装修公司吗？要不联系当时的负责人看看怎么说？外头对窗的监控我们这儿都有，您随时说，我们随时调。"

房子里半件家具都没有，因为没装修到那一步，但地面和墙壁倒是已经动过工。

四壁空荡，角落堆了些边角料，地上还有点儿膜纸还没有撕去，两个物业员工跟在陈净野身边，脚步和说话的一点儿响动都有空旷的回音。客厅那盏精致的"百鸟听泉"垂灯，本该灵动无比，此刻却诡异至极。

到了那间不幸的渗水房间，浅色的木地板临窗翘起了好几块，像被人刀劈斧砍了似的，暴殄天物。

旁边的物业员工瞧着都替他心疼。

"哎哟，这好好的房子怎么给整成这样了？"

贯彻一心为业主服务的物业公司，立马与业主同一战线，说这事装修公司必须给个说法，把寸土寸金的房子交给他们，仗着业主当时在国外，就这么不认真不负责？好好的房子，怎么回国一看，就这样了呢？

耳边声音喋喋不休，吵得陈净野也想问一句，怎么就这样了呢？

可这话不知道能对谁问。

如今的境况，就像因这不慎疏忽而被风雨侵蚀的木质地板，天灾还是人祸，讲不清，已经这样了，好不了了。

事已至此，留给他的体面台词也只有一句，算了吧。

怪不了谁。

许太太在阳光房里泡了锡兰红茶，铺复古蕾丝的桌面上摆着数样点心。祁嘉穗跟着保姆上楼，在楼梯上就闻到了浓郁的甜香气。

斟杯茶推到对面，许太太笑着让她坐，室内灯光温馨，衬得窗外落雪都平添几分缱绻。

聊到自己的优渥却无聊的生活，许太太叹气说："这小区也新，本来就是别墅区了，入住率也不怎么高，每天楼下会有什么邻居开车过去，我闭着眼都能猜到。"

忽然，许太太往窗边伸了伸脖子，目送楼下一辆车，娇俏地笑了："欸，这车我倒是第一次见！有新住户要搬进来了吗？没听物业通知啊。"

祁嘉穗往楼下看去时，那辆黑色的车子已经开远。从二楼视角望去，夜晚的别墅区树影深深，是有几分空寂，尤其是在这样飘着小雪的晚上。

闲聊中，祁嘉穗留意记下许太太零零散散的诉求，等话题真正落到婴儿房上，她已经差不多知道许太太想说什么，也给出了自己的专业建议。

时近岁末，"社畜"恨不得掰着手指倒计时放假，工作室不会再开项目，还有其他单子在排。

但祁嘉穗听许太太想要一个宝宝的迫切语气，答应会尽快出一份设计图发给她看，彼此加过微信后，推辞不得，许太太叫家里的司机送祁嘉穗回去。

算算有一个月没回家吃饭，接到家里的电话，再不情愿，祁嘉穗也得回去点个卯。

祁太太现在跟祁嘉穗说话，每一个字都透着失望，她没法儿怪祁嘉穗不听话——往昔她百试百灵的苦肉计，如今祁嘉穗也不肯配合，只能在言语间透露出苦心被负的意思。

她是母亲，不管要为女儿张罗什么，那肯定都是为女儿好。而祁嘉穗如今不承她这份情，她便把姿态摆得更低，仿佛祁嘉穗做了什么了不得的事，伤了她的心。

"不是听你说你那个高中同学请你当伴娘，什么时候？"

祁嘉穗晚饭时疏于动筷，接过祁太太递来的汤碗，只惜字如金地说："年后，春夏。"

"你那个同学家里条件好，找的对象倒是不如她家。"

祁嘉穗那个没出息的同父异母的兄长接过话说："这不能这么算吧？嘉穗，是那个姓林的还是姓郑的？"

祁嘉穗咬了下筷子尖。

"姓陈。"

"哦！对，对，对！姓陈，耳东陈，他们家搞互联网的吧？门当户对嘛，差不多就得了。除了那几家老牌搞房地产的，苏城能找到几个比他家还有钱的？真挺有脑子的，掐着风口闷声发大财。"

话题又被祁太太绕回去，问祁嘉穗："她那个对象怎么认识的？听你说，是大她几岁吧？"

话欲越来越淡，祁嘉穗说："是她哥哥的大学室友。"

祁太太还要说什么，祁嘉穗电话响了，好巧不巧是陈舒月打来的。祁嘉穗已经不想再留在饭桌上，借机起身，拿着手机去了客厅窗边接听。

陈舒月邀请她这周六周日去平城滑雪，因为伴郎队伍里来了新伙伴，是陆奇的另一个大学室友，最爱热闹的准新娘忙着攒新的局，介绍大家认识。

祁嘉穗看着外头黑黢黢的树影，窗户没有关严，外头的风夹着冬夜的湿寒水汽，从缝隙里一息一息钻进来。

不过一时无声，那头的陈舒月贴心地补了一句："嘉穗，你要是工作忙不能来的话，没事的。我到时候回来给你带礼物。"

祁嘉穗想，自己这个不称职的伴娘已经扫兴多回，于是答应了下来，也问了具体的时间。

那几个没正经工作的会提前过去，祁嘉穗满打满算也只能周五晚上到。

这一家温泉酒店格调定得挺高，是陆奇的一个朋友今年开的，他和陈舒月也在里头参了小股。

圈子里富二代玩票就是这样，几个朋友凑在一块儿，聊一聊兴趣来了就搭伙，把钱不当钱般消遣。

以前在 L 市，祁嘉穗学设计，那些搞珠宝搞服装的姑娘没少拉着她一块儿。她一次没试过，因为从小被管得太严，听祁太太诉苦太多，她不敢随随便便为自己拿主意。

车子到地方停好，祁嘉穗看了看周遭的环境，下车取了行李箱。

这家温泉酒店里外的布局装修，一看就知道没少往里砸真金白银。现在还在试营业初期，都是些朋友来玩，这周就只接待他们。

祁嘉穗一手提着小行李箱，走进来，另一手拿出证件。

连入住登记都没有办，前厅的服务人员微笑着给了她一张房卡。

箱子不大，除了一件厚外套，就放了换洗衣物、一套连体泳衣和一套泡温泉的浴衣。

服务生走上前，说要替她拎。

祁嘉穗笑了笑，婉拒了。

她低着头，看一眼手中房卡，又朝两头辨了辨，选了一个方向径直走进去，进室内脱下的大衣搁在自己臂弯，她用另一只手拖箱子。

走廊的光调要比前厅淡，不知是哪里的窗户没关严，祁嘉穗总觉得有一小股细微冷风迎面拂来，夹着淡淡的木香。

她刚刚开了两小时的车过来，本来身心乏累，此时越往深处走，却有种清醒贯穿而来。

这边每间房都自带一个私人汤泉，所以错落分布，间隔格外远，祁嘉穗按着指示牌过走廊，拐了两道弯，才在一扇门前停住步子。

小小的一张灰蓝房卡，仅是用来确认房号，日式的推门并没有什么电子锁设备。祁嘉穗将箱子放在门边，关上门后，正要放置外套，手机里还有陈舒月和林灿的消息没回复。

入户玄关处一盏光线细弱的小灯，照着同样细弱的兰草插花。

祁嘉穗刚放下外套，安静的空间里忽然传来一阵淅淅沥沥的水声，声源似在一门之隔的院子里。她刚一定神，那声音又陡然消失干净，仿佛她刚刚是在幻听。

祁嘉穗从落地玻璃门上狐疑地收回目光，拿出手机。

屏幕还未来得及亮起。

只听一道并不陌生的男声，懒懒散散的，从倏忽拉开的推门外传来。

"东西放桌上就行了。"

好似寒气剖开了什么缺口，灌进足以冲击她的一阵强风。

握在手机边角的手指，不自禁用力到泛出筋骨脉络，祁嘉穗猛然转头看去——

院外的柔黄灯光被吊钟挡住一部分，而来人全然站在光明处，穿着一件灰蓝浴衣，腰间只松松地系着长结，即使微有疲态地佝着肩，依然身形高大，有种兜头覆来的压迫感。

在祁嘉穗的视角里，逆着光，影影绰绰，那人是仅需轮廓就可以一眼识别的熟悉程度。

可能刚刚从院里的温泉池上来，他手上还有一条同色系的毛巾随意擦着后脖颈的头发，不过那动作，也在看到祁嘉穗的一瞬，生生停顿住。

五秒？

甚至是更短的时间。

两个人之间的无声地对视和沉默，只有这么长。

祁嘉穗很快从震惊中反应过来。她下意识转身，只是想看一眼搁在玄关柜上的房卡。

而身后立马传来迅疾的脚步。

距门不过两步，她的指尖甚至没有碰到房卡，就被人一把攥住。她的手腕纤细雪白，好似拴住风筝的线，被人用力一扯，她就被动转了方向。

"你要去哪儿！"

男人的声音，又低又急。

祁嘉穗的后腰在桌沿重重抵了一下。她拽自己手腕，但没有半分松动。因为身高差，只要她低眉，倒是不用去看此刻攥着她的人是什么表情。

在陈净野的视角，只能看见她与地面平行的两扇纤浓睫毛一下接一下地颤动着。他的手心慢慢松了些力，手指间却依然是她挣不开的力道。

一说话，仿佛犯了什么弥天大错。

"我弄疼你了是不是？"

苏城虽大，但这圈子实在小。

祁嘉穗一早明白这点。

"松开。"

又是两秒的安静。

祁嘉穗说："你弄疼我了。"

他松了手。

他刚刚从院里进室内，忘了合严门。灯影昏弱的玄关处，有室外的水汽和寒气灌入，他们长久保持相对的姿态，直到他低低地喊了她一声"嘉穗"。

祁嘉穗微微撇过头，从身后摸来房卡。她核对了一下号码，没有错。

"你走错房间了。"

陈净野问："你怎么来的？"

祁嘉穗对这不甚高明的打岔报以一笑，轻嘲的意味明显："问这些无聊的东西有意义吗？"

"想和你说话。"

祁嘉穗笑不出了。

那一抹笑像潮湿的纸，被风吹干后僵在了唇边。

她再度侧过头，移远了视线，声音仿佛也远了："这也是没有意义的。"

她看着那棵苍绿的吊钟，陈净野看着她。

默数完枝条，她觉得这十几秒的时间足够一个成年人冷静。

结果是她刚转过头，下颌就被捏住。间隙短到她就算不转过来，那只手也照样会将她扳过来，不打招呼地吻下来。

他手掐得很重，不顾她的反抗，吻得又格外温柔，祁嘉穗将他的唇角咬出血他也不知疼。

他身上有潮湿温热的淡淡香气，两臂回拢的姿态几乎要把她压进自己的身体里。

那一吻停下来，两个人都狼狈。祁嘉穗几乎发抖，直直地扇过去一巴掌，用了全力，立马在他脸上见了痕。

灯在后头，陈净野几乎背光。

他偏着脸，拇指从唇边揩过一丝血，盯着那一抹红。他慢慢笑了，又抬眼看向祁嘉穗，看了好一会儿，笑意收拢出一点儿自嘲的意味。

"你这人怎么回事？怎么每次打了人，自己又不高兴啊？"

他笑起来的样子很好看，祁嘉穗却觉得害怕。

她屏住一口气，样子看起来既严肃又防备，对他说："你妹妹他们都在，这么多人，闹开了，你不嫌麻烦吗？"

"无所谓。"

祁嘉穗的后腰贴着柜沿，听他这话，心往下一沉。她咽了咽口水，视线落在他身上，又像在四处游弋："你妹妹跟陆奇的婚礼已经够一波三折了。你是她的哥哥，我是她的伴娘，如果——"

陈净野打断了她。

"我不在乎。"

突兀的停止，让祁嘉穗的嗓子里淤住一口气，好似有人在她脖子上掐了一把，用力地掐，又快速地松。

祁嘉穗舒气，偏过头，面容冷漠地问："那你在乎什么？把我堵在这里又是为了什么？为了——让我更讨厌你吗？"

最后一句，祁嘉穗的声音轻轻的。

她看不到他，可心里有预感这话会叫他难受，难受到叫他撑不住刚刚那副万事不顾的肆意神情。

她一点儿也不想看他，只是这样僵持，不知道过了多久，反正对她来说是度秒如年。

直到手被人轻轻握住，祁嘉穗下意识缩，他便用两手捧住，叫她没有闪躲的余地。

那个姿势说不出的虔诚，仿佛天赐恩惠才会这样用双手珍重拢握。

"你看着我，跟我说会儿话，行吗？"

祁嘉穗本来想嘲讽，都分手半年了，还有什么话是非说不可的。

他说了。

表情温和，真像聊天似的。

"你还记得戴维吗？他交了一个新女朋友，跟姜羽很像，你也见过的。你以前在梁空那儿遇到的那个女模特儿，跟你说了不好听的话，就是她。她是从我手机里看到过咱们的合照，但我跟她什么事也没有。真的，嘉穗，我跟她什么事都没有。年后，约戴维来国内，让戴维把她带着，跟你亲口解释好不好？"

祁嘉穗面上没有表情起伏，眼睫不规则地颤动了两下，泄露了六神无主。

她根本招架不住陈净野这么期待的眼神，带着一点儿劝哄抚慰，带着一点儿示弱。

这都是叫她过去屡次栽倒的东西。

看着祁嘉穗不说话的样子，他有点儿急了，手也攥得更紧。

"年前也行，我尽快去安排好不好？嘉穗，好不好？"

外头风雪交加，他们取暖一样地面对面凑在一块儿，陈净野目光热切，好像她就是唯一的热源。

他摆开一个新鲜视角，问她好不好？

这话太聪明了，她根本没有说不好的理由。

大概过了半分钟，他耐心地等着，眼里的期待没有半分冷却。

直到这个安静的房间里，祁嘉穗迎着他的目光，慢慢地出了声。

"我，我不喜欢吃竹荚鱼。"

陈净野愣住了一瞬间，立马带一点儿好看的笑说："我知道啊，我没有强迫过你吃。"

"你也知道我为什么不喜欢。"

陈净野点头："你说你初中吃过一次鲭鱼，食物中毒，头晕腹痛，难受了很久，你有心理阴影，你以为竹荚鱼就是鲭鱼，所以一直不敢再吃。"

祁嘉穗看着他："你经常带我去吃日料，后来有一次我弄明白了，竹荚鱼是马鲭鱼，不是我初中吃的那种，可我还是不敢吃，因为它是不是那种鲭鱼，其实已经不重要了，我怕了很久，这种恐惧也伴随了我很久，我不会再尝试了，我真的不喜欢。"

"谢谢你以前没有强迫过我，以后，也不要。"

兜头一盆冷水，浇熄了所有热切。

陈净野看着她，像一堆不剩半丝光亮的炭火，心灰意冷都是明晃晃的，然后他又笑了。

淡淡地，有些牵强。

门外的脚步声伴随着聊天声越来越近，有男有女。

"你这人真的靠不住，这么一点儿小事也安排不好！"

"谁知道啊，陈净野昨天下午就过来了，跟你们又不是一块儿来的，他来了倒头就睡，前台没有登记，我也忘这茬儿了，哪成想这房卡又到你姐们儿手上了。"

"有什么可吵的，换一间就是了，月月，你哥跟嘉穗熟吗？"

"不熟啊，就是不熟我才怕嘉穗尴尬嘛。"

这话隔着门，祁嘉穗和陈净野都听到了，各自一笑，是不同又类似的意味深长。

在那扇门被从外推开之前，祁嘉穗同他说："你……当个好哥哥吧。"

门开了。

陈舒月、陆奇几人进来，又是一阵男男女女的声音。

"嘉穗，你没事吧？"

"能有什么事？你哥还能把你小姐妹吃了不成？"

"不好意思啊，嘉穗，我这房间没安排好，招待不周。这间是陈净野之前就住过的，老巢了属于是，他这人占着了就不爱挪窝，咱大美女请吧，咱找间更好的去。"

"来来来，我帮你拿行李。"

两个女生走在前面，朋友跟在旁边说逗趣儿的话，陆奇殿后。

他跟陈净野当了四年大学室友，后来又跟陈舒月谈了恋爱，属于国内这波人里跟陈净野最熟的。

虽然毕业后国内外彼此的生活交集少了，陈净野出国后也变了很多，但他还是能瞧出几分陈净野的不同。

"怎么了？没休息好？你来这儿睡一天了吧，还没休息好？你这是赚钱赚伤了吧？"

陈净野不想说话，浅浅地咧了一下嘴角，笑了笑应付。

陆奇笑说："别老闷着呀。大洋彼岸纸醉金迷的日子怎么给你弄得有点儿郁郁寡欢了呢？过来喝两杯，老赵也在。"

陈净野说："我有点儿累。"

陆奇劝诱着："你妹这次真喊了好一票姐姐妹妹来，陈总赏光看看。"

陈净野淡淡一笑："我看什么？人家看不上我。"

陆奇说："过分谦虚就是骄傲了啊。反正你得来呀，不然待会儿让老赵来磨你。"

陈净野这才应下，说待会儿换了衣服过去。

陆奇一走，合上门，屋内又恢复安静。陈净野的视线毫无目的地转了一圈，落在了柜子上。

祁嘉穗的外套落下了。

白色的羊绒大衣，随手一折，堆在那儿。

陈净野看了挺久。

其实，他一早知道今天这出没用，见平薇薇那晚才是他最兴奋的时候。

也是那晚，酒吐了，人就醒了。

就像平薇薇说的，即使没有压死骆驼的最后一根稻草，骆驼活得也不轻松。

今晚，不过是他的最后一根稻草经由祁嘉穗之手落下来罢了。

二楼有个小酒吧，陈净野换了衣服过去，只有男人喝酒聊天，有对象的聊恋爱不易，有老婆的谈婚姻头疼，没一个好的。

大学室友老赵是后者，将话题往陈净野身上一引："欸，阿野，你女朋友怎么没带来？"

这消息劲爆，小桌上一下炸开了。众人先是不信老赵说的是真的，因为开年陈净野在国内买房子，是他们公司万程地产开发的项目。

他当时也纳闷儿陈净野怎么突然要在国内买房子，陈家那宅子还不够大吗，陈净野说是买了准备跟女朋友一块儿住的。

听到这话，有人开玩笑，也有调侃的。

"陈总真的有女朋友了？不知道啊，什么时候的事？"

"怎么你还不知道？陈总桃花就没断过好吗？就我们陈总这魅力，前赴后继，应接不暇好吗？"

"也就姜羽有眼无珠。"

一句话就冷了场子，说话那人讪讪的。

陈净野拿起酒杯碰了一下对方的，很大方坦然："早过去了。"

是因为谁过去的呢？

他将那口酒闷得很深。

旁边有人替他斟满，一伙人又聊起别的话题。聊到大学，一个人喊老赵，问他还记不记得一件事。

"有阵子有个小姑娘老在篮球场晃荡，看着特别小。隔壁宿舍的秦明去跟人搭讪，我们还骂他居心不良。你记得吧，老赵？"

老赵先笑了，说："记得，笑死我了。秦明去搭讪，她说她不是我们学校的，过来找人。问她找谁，她可腼腆了，说找陈净野。秦明就告诉她，陈净野现在大四了，不回学校了，也不会来篮球场了。小姑娘可失望了，一双大眼睛当场要哭出来。秦明当时还哄人呢，说你看看哥哥行不行，哥哥常来打球。小姑娘说不行，转头就跑了，秦明特别尴尬，哈哈哈哈。"

陈净野对这些事不感兴趣，如风过耳。

男人八卦起来同样不输女人。话题聊到即将踏入婚姻"坟墓"的陆奇，在场的两个不婚主义者兴趣非常大，问他怎么跟陈舒月好上的。

大学时代的陆奇比陈净野还要抢手些，温柔暖男，长相又好，真要掰手指数比被人告白的次数，性格偏冷的陈净野远输他一大截。

陆奇架不住众人好奇，只好讲起他跟陈舒月之间的事。

他细细一回忆，说："她上了大学我们才在一块儿的。"

"那之前呢，谁追的谁？"

陆奇看对面的陈净野一眼："她追的我。她不追我，我也不敢哪，我这个人很有原则的好不好。"

一阵不配合的奚落嘲笑。

"还有您不敢的事啊？您浪打浪那些年，胆子可大着呢。"

陆奇也承认，笑着说："小姑娘嘛，不忍心欺负。"

陆奇说："她读高三那年的万圣节，我们校区附近有万圣节活动。她跟她朋友也过来玩，我记得特别清楚，是林灿和嘉穗。"

老赵说："我记得了！陈净野那次扮演了一个吸血鬼医生，是那晚吧？"

"对，就是那晚。"陆奇说，"我们戏剧社团的女生都去了，当时我接了一个学妹的饮料，就聊了几句天，给她看到了，'哇'一下就哭了，我当时都不知道她怎么了，还以为谁欺负她了。兄弟的妹妹咱肯定也要保护一下呀，就问她是被谁欺负了。她不说，就哭，还让我别管她了，她要去找她朋友。那我怎么可能放心？一边跟着她去找朋友，一边给陈净野打电话让他过来。"

"哭了好半天，她抽抽搭搭问我是不是有女朋友了。我说没有啊，哥哥一心搞学习呢。她不信，还要跟我拉勾。那时候真服了这些小姑娘。然后那旁边有卖小吃的，我就带她去吃。陈净野过来的时候，他妹妹已经一嘴烧烤酱了。"

一帮人哄笑起来，说这么明显对你有意思你看不出来也是绝了。

这些声音像被隔开了。

陈净野坐在角落，手里握着酒杯，只想到那年的万圣节。

去年陆奇和陈舒月订婚，他将祁嘉穗拽上楼，祁嘉穗也曾跟他提过那晚。

他当时没反应过来。

隔天在家里翻陈舒月的相册，终于从三个小女生的合照里抽出那一晚的记忆。

小吃摊排成一排，香气四溢。陈净野接了陆奇的电话，说陈舒月不知道被谁欺负哭了，立马赶过来。

人到了一看，陈舒月除了眼睛红，已经没大事了。

知道妹妹跟朋友一起出来的，当哥哥的不得不负起责，操这份心，出了事不好办。见陈舒月吃小摊吃得香，陈净野更是郁从心生，皱着眉问她："你朋友呢？晚自习出来玩，陈舒月，回家你等着！"

陈舒月又吓得吃不下东西，望着陆奇皱起小脸："呜呜呜，我哥要告状，我爸爸会打我，呜呜呜呜，打死我算了……"

陆奇哄她说："他不会的，晚自习而已，不是大事。"

陈净野从不温柔，待妹妹更是一视同仁，他最烦这些小姑娘惹麻烦。

看着缩在陆奇身后"嘤嘤嘤"的陈舒月，只露出淡淡一抹冷笑。

"我会的，你等着被打死吧。"

陈舒月哭得更大声，陆奇哄得更温柔。

"你哥哥不会的，吓你呢，待会儿认个错就成。你朋友呢？赶紧把人找到。"

陆奇去找林灿，陈净野去找祁嘉穗。

看到当晚留影那一瞬间，陈净野所有的记忆鲜活起来，他记得很清楚，她是童话故事里的白雪公主，"病娇"版的，可看到他，小姑娘眼神怯怯的，慌慌的，那种血腥公主的病态感散得干干净净。

因为被陈舒月气得不浅，来找人之前，他还在跟陈舒月吵，一下就忘了，他到底是负责找林灿还是祁嘉穗。

不过也不重要。

他那会儿已经脱了那身吸血鬼医生的造型，本来也是跟陆奇过来玩，被陆奇社团那些小姑娘按在凳子上临时化的伤痕妆，白大褂直接套隔壁系的作业服，说卸也就卸了。

陈净野穿一身卫衣长裤，高俊挺拔，走近，直接问："是陈舒月的朋友？"

小姑娘呆望他，点了点头。

她眼睛又大又圆，瞳仁像乌玉一样；小圆脸单纯无害，皮肤白得像奶糕。对着亲妹妹都能批评出口的话，陈净野对着她，硬生生说不出口。

他顿了一秒，轻咳一声，说："走吧，送你们回家。"

陈净野走在前头，回头看她，心想这姑娘今晚不是扮白雪公主，她是在演小呆子吧？

陈净野停住脚步，她也停住脚步。

陈净野望着她刚刚坐的花坛，已经离他们好几米远。他问她："你的'毒苹果'不要了？"

她才恍然落了东西，慌忙跑回去把那只红彤彤的蛇果捧上，再次跟上他的脚步。

　　之后因为工作室有事，陈净野接着电话，眼看着一时挂不掉，陈舒月在一旁求陆奇，不要等他了。

　　"陆奇哥哥，你送我们吧，不要哥哥送。"

　　陆奇在路边招了一辆车，三个小姑娘坐后排，"白雪公主"最后上。

　　陈净野最后一眼也落在她身上，刚刚还完整的"毒苹果"，不知道什么时候被她啃了，啃出参差不齐的一小块，像是要尝尝有没有毒似的。

　　他站在夜风里跟人打电话，见车灯远去，电话里的人问他笑什么，他也无端地轻轻勾着唇角说："没什么，你继续说。"

　　他记得她的。

　　他偏偏就记得她。

　　祁嘉穗是晚上回房才想起来自己外套落在那儿了。她不打算上门去拿，就当没有这件事。

　　好在还带了其他衣服，她第二天穿了另一件外套出门玩。

　　这趟温泉度假结束前，酒店前台给她打电话，说她的外套放在前台了，问要不要现在给她送过去。

　　那件白色的羊绒大衣失而复得，祁嘉穗也没有高兴，转手把它塞进了行李箱里，带回了苏城。

　　祁太太叫她回来吃饭。她进门后拎着箱子上楼，去衣帽间挂衣服，正挂到这件白色大衣，祁太太就出现在门边。

　　她问祁嘉穗这趟出门玩感觉怎么样。

祁嘉穗将衣架撑进大衣的两肩，淡淡地说："还行，挺开心的。"

"你现在回苏城了，不要整天想着工作，有几个女人是靠工作混出名堂的。"

祁嘉穗听了这话想笑，差点儿就要举例去装应和——是啊，靠工作累死累活不过是祁秘书，靠男人就不一样了，是祁太太，多高贵。

祁嘉穗沉默着，挂起衣服。

祁太太最不喜欢她闷声的样子。以前还能安慰自己是祁嘉穗性子内向，不爱说话就不爱说话吧，她正好可以给女儿拿主意，也算乖巧懂事，可如今，祁嘉穗话没多起来，主意倒是多了。

祁太太有些不高兴，忍不住要提点她："你那个快结婚的朋友挺好的。你们大学不在一起，你又出了国，她现在结婚，还能想起找你当伴娘，说明你们关系很好。嘉穗呀，你现在回国了，以后也是长期在国内发展，要珍惜这个朋友，知道吗？平时多跟人来往来往，她在国内的朋友肯定比你多，你也跟着认识认识，知道吗？"

"我跟她的关系，没有跟林灿关系好。"

怕祁太太不记得林灿是谁，祁嘉穗故意提醒一句："就是前年家里差点儿破产那个，她家现在转行做工程了，林灿现在帮着家里去工地监工，她认识的朋友才叫多呢，她也没少介绍给我，你放心吧，我不缺朋友。"

祁太太黑着脸，很失望地看着她。

好一会儿，祁太太说："早知道就不该听你爸的。送你出国一趟，你真的叛逆了好多呀，嘉穗。"

叛逆。

这词听着像是形容十几岁小姑娘的，可祁嘉穗十几岁时，祁太太从没说过她叛逆。反倒她长大了，经历了一些事，不再单纯天真了，"叛逆"这两个字就落到了她的头上。

祁嘉穗说："不是啊，你忘了吗？我爸舍不得我出国的，他怕我吃苦，在外头人生地不熟被欺负。是你说出国好的，身边朋友家同龄的小姑娘都出国，以后就我不是海归，相亲摆条件都矮人一截。我爸哪能想到这些，这不是您对我的栽培吗？"

讲到这儿，彼此的脸色已经难堪。

气氛已经不能再坏了，祁嘉穗知道。可她不吐不快，想说得更直接一点儿。

她想问祁太太知不知道，她高中那么多次去陈家玩，其实心里挺自卑的，因为自己的妈妈只许女儿和更有钱有势的同学玩，如果交了家庭条件一般的朋友，妈妈就不许自己跟他们多来往。

每一次她去陈家，陈妈妈明明那么温柔客气，她都会不由得担心，陈妈妈会不会也在背地里叫陈舒月不要跟自己多来往。

明明也家境优渥，不愁吃喝，别人的妈妈只叫女儿开心就好，而她为什么要这样胆战心惊地活着。

话没机会说出口。保姆阿姨上楼见气氛不对劲儿，就放轻了声音问："菜已经做好了，祁先生说公司有事晚饭不回来吃了，要现在吃吗？"

祁嘉穗拿起床上的包说："随便吧，我也有事，不在家里吃了。"

一直到过年，祁嘉穗都没有再回去过。

正月里，走亲访友怎么也推不掉，祁嘉穗跟着祁太太会了好几轮女客。

这种时候，她又会感慨祁太太真的不容易，八面玲珑，滴水不漏，有事业心的男人找贤内助，按祁太太这个模板找，一准儿没错。

太分得清利弊，又抓得住利弊，精明干练极了。

"精明干练还不好啊？以后能帮衬你一把不说，跟你不也有共同话题吗？"

陈净野三分钟解决一个家里千挑万选的相亲对象的事，被陈太太在亲戚间传为大逆不道。

这话到了老太太耳朵里，老太太倒不催他结婚，跟他有说有笑，只叫他明白，他妈妈是用了心给他找的。

陈净野跟老太太一块儿晒太阳，回话说："我不喜欢精明干练的，太聪明了，不好骗，那我就遭罪了。"

老太太乐得不行："满口胡话！"

"就是说胡话逗你呢。"

老太太乐够了，问他："那你喜欢什么样的，跟奶奶说，奶奶给你寻摸寻摸。"

陈舒月端着一盘果脯，刚走近，就听到自己亲哥故作一本正经的声音。

"真的，没骗你，我就喜欢奶奶喜欢的那种，不是您以前跟我说的，不找下巴尖的，要小圆脸，这儿有点儿肉，有福相，旺夫、旺家、旺财运。我就喜欢这种有福相的，我跟您一个审美，特别喜欢。"

老太太又气又笑，还没来得及开口，陈舒月的声音先插进来。

"得了吧，你真的是骗女人骗得毫无道德，从三岁小孩儿到八十老太，你一个不放过！"

今天是正月初六，老太太做寿，家里三代五服的亲戚都登门来贺，有个远房表亲带了家里刚上幼儿园的小朋友来，小姑娘生得玉雪可爱，又一点儿不认生，活泼招人疼。

不知道怎么就趴到陈净野膝盖上去了，拿一个小橘子叫陈净野给她剥，橘子甜，小姑娘一双圆溜溜大眼睛，笑起来也甜。

今天人太多了，好多人都第一次见，她一下又忘了刚刚家里教的，面前这个好看的男人，是喊小表舅，还是小表叔来着。

不过也不重要。

她害羞极了，问陈净野："小表叔，你好好看，我以后可以嫁给你吗？"

陈净野这人面相偏冷，淡淡笑着也不显亲切，他凑近一些，迁就小朋友的身高问："你要嫁给我啊？"

小姑娘捂着眼睛，从肉乎乎的手指缝儿里看他，笑得露出两排小白牙，脆生生地说："嗯。"

陈净野也答应："我现在已经有六个老婆了，那你以后就是小七，我那六个老婆都是大人了，也不让着小朋友，你以后就吃不上橘子了，别的零食也吃不上，都得让着大的。"

小姑娘哭得声音好大，最后被哄停了的时候，脖子都哭得胀红，不过也挺霸道的，倒不是打消了念头，而是不许陈净野要前面那六个比她大的老婆。

陈净野说胡话骗她。

之后又一群大人续着谎话哄，当场替他派出六封休书。

陈净野不负责哄，自己剥了一个橘子，事不关己地一瓣一瓣地吃。

陈舒月在旁边看到发指，跟身边的陆奇说："他是不是疯了？"

陆奇说："不是挺正常的？跟小朋友开开玩笑嘛，逗孩子呀，没人当真。"

陈舒月说不出来，但大概是从一个妈的肚子里出来的感应，她就是觉得陈净野不对劲儿。

一般年前下了厚雪，苏城年后开春就会早，正月一过不久天气就暖和起来。

陈舒月的婚礼临近。

一个据说意义非凡的黄道吉日，华丽的婚车停在陈家别墅门口，保姆喜气洋洋地来通知，新郎到了。

流于俗常又充满欢乐的接亲仪式后，陆奇找到最后一只婚鞋，终于完成重重考验。

陈家的嫁妆很多，一应俱全的百来件，伴娘跟着保姆一起去拿，进进出出，仗仗很大。

刚刚做游戏耽搁了时间，婚礼吉时也是一早算好的，分秒不容出错，外头催着要抓紧动身。

屋里人多，脚步一乱，一只瓶子不小心碰碎了。

众人立马说着吉利话——"碎碎"平安，岁岁平安，不碍事。

瓶子是一对，现在只剩一只。

陈净野闻声进来，问怎么了，就见祁嘉穗抱着落单的那一只瓶子。

祁嘉穗说没事。

"瓶子怎么办？就一只单的拿过去吗？"

陈太太今天更是忙得不可开交，进来一看，说："一只单的怎么行，单的多不吉利，这种成对的瓶子家里应该还有，之前月月订了好几套回来选。"

她转头看陈净野，撂下吩咐就走了。

"你带着祁嘉穗，你们俩去后面小楼找找，快呀！别再耽搁了。"

从昨天晚上，祁嘉穗作为伴娘之一，就跟着另外三位伴娘一块儿住进了陈家，到此时，她和陈净野已经不知在一个屋檐下碰了多少面，一起去找个东西根本算不得尴尬事。

瓶子很快就被找到了。

春意融融的晴天，一出小楼就被光线晃到眼睛，祁嘉穗抱着瓶子万分小心，步子缓了缓，心境也沉了下来，慢了无数拍才想起来这后院的小楼是什么地方。

她慢慢地回过头，看见那张"熏风南来"的古意小匾，似乎比记忆里还要再陈旧一些。

往前推多少年，她匆匆跑来陈家参加好友的升学宴，在这块匾下，跟陈净野说了第一句话。

盛夏灼灼，筑了一个美梦。

她从添砖加瓦，到亲眼目睹倒塌，坦然回视，倒没有什么唏嘘的。

可平静转回视线，她看见几步之外的陈净野。他拿着那只被认作不吉利的落单瓶子，站在记忆的树荫里，一如最初那样，一如她梦境里无数次重现的那样。

他蓦然回首，望向她。

"怎么了？"

人与人之间，到底怎样才算缘分尽了？是形同陌路，还是恶语相向？

祁嘉穗不清楚。

面对面站着，看似曾彼此交汇至深，到分开时撕皮黏血地痛，可毫无共感，我不知道你在执着什么，你也不懂我曾经的迷恋。

凑巧的相遇，和无数次的错过罢了。

祁嘉穗摇了摇头，回他："没什么，走吧，别耽误时间了。"

捧花本来一早商量好了，要交给刚交了新欢的表姐，因为陆奇的发小儿也在场，表姐要扬眉吐气——你有新欢我也有，而且老娘是接到捧花被祝福的人。

婚礼的事，陆奇一般都听陈舒月的，她和她的姐姐妹妹想怎么整就整，由着陈舒月来，他不过问，也不发言。

唯独这件事，他不经意评价了一句："可是这种事吧，你越是铆足了劲儿，就越显得你放不下，放下了不是非要比前任过得好，而是你根本不在意对方过得好不好。"

听完这话，大家也都觉得私定捧花显得表姐在气势上矮人一截，遂改为陈舒月临场发挥。

捧花高高飞起又落下，不偏不倚地掉在林灿的怀里。

林灿睁大眼睛，惊讶又好笑："别呀，老娘励志要搞事业，爱情只会影响我搞钱的步伐。"

她说完，把捧花往旁边一塞。

"给你吧，嘉穗，你早点找个对象。"

按照流程，司仪要请接到捧花的人上台给新娘送上祝福。

祁嘉穗听到邀请，提着伴娘裙摆，握着捧花走到陈舒月身边。

司仪问她跟新娘是什么关系呢？祁嘉穗说："我们是很好的朋友。"

司仪又问："那作为好朋友，在今天这样一个特殊又充满幸福的日子里，有什么祝福是要送给新娘的吗？"

祁嘉穗拿到话筒，与手上那束捧花并在一起，她空着的那只手被陈舒月握住，她微笑着看了身边的好朋友一眼，眼中无端有些潮湿。

"我没有什么祝福送给新娘的，因为在我心里，我的好朋友一直拥有公主般闪闪发光的人生，她不需要多余的祝福，她的未来一定会顺遂圆满，万事胜意，我只有一句话想跟新郎说——永远不要欺骗她，好好爱她，珍惜她。"

陆奇应着："一定！我会让你的好朋友成为世上最幸福的人。"

台下掌声响起。

浪漫的花海会场，交响乐队演奏甜蜜动人的音乐，亲友祝福，父母欣慰，是人世间最完满的婚嫁场景了，有哭有笑，有烟火气，有人情味。

祁嘉穗在这一刻，真心为好朋友感到幸福。

这种幸福切实又熨帖，强烈到开始叫人预感，如果自己这一生不能拥有这种幸福会是怎样的缺憾。

祁嘉穗一直在微笑。

四个伴郎里没有一个能喝的，最后陈净野顶上去陪一对新人应付完最后几桌。本来作为新娘的哥哥他在自家亲戚那边就已经喝了不少，过来替陆奇顶完几杯白的，眼睛都红了，望着人的时候散着光。

林灿扶着他胳膊说："这要送去睡一觉吧？"林灿大大咧咧地比着一个"耶"，在陈净野眼睛前晃。

"这是几？"

陈净野没表情，看了她一眼。

林灿立马松手闪身，跟陈舒月小声说："可怕，你哥喝多了都好'高冷'，果然搞钱人之间有天然的血脉压制，他太压我了。嘉穗，你来你来，你来扶一下。"

陆奇已经拖了把椅子给陈净野坐。

婚宴是喜事，喝醉也无妨。酒店楼上就有房间，陆家包了一整层供来宾休息。这会儿，陆奇打电话过去问还有没有空房间。

祁嘉穗被林灿拽了过来。她看了一眼趴在椅背上的男人，跟林灿嘀咕："他倒了不是很好，就不压你了，你们搞钱人之间的血脉压制不就破了。"

婚宴散场，表姐跟男友走了，另一个陈舒月的大学室友从说去要个微信到现在就没再回来，送陈净野去楼上的任务就落在了林灿的头上。

林灿拉上祁嘉穗一起。

祁嘉穗说："停车场那边车堵住了，双方好多亲戚彼此不认识，对苏城也不熟，我要去楼下帮忙。"

"那我一个人怎么行啊，他太高了，有一米八五了吧？这一旦半路上倒了，压死我也没人知道，而且他太会搞钱了，他不能压我，挡我以后财路。"

祁嘉穗哭笑不得："你这也太封建了，哪有这些说法呀？"

"你懂什么？宁可信其有，不可信其无。嘉穗，你不懂，这对我很重要。"

祁嘉穗只好应和："好，好，好。行，行，行。"

林灿凑过来跟她说："而且我跟你说，月月他哥绝对比我信这个。我今天看到他奶奶指了一个亲戚家的女孩子给他看，问他要不要这样的，说那个女孩子就很符合他的要求，旺夫、旺家、旺财运，我终于知道他这泼天财富是怎么赚的了！"

林灿咬牙握拳："这致富大道他休想一个人走！我必须紧随

其后！"

祁嘉穗没办法，只能先陪她把陈净野送上楼。

她在洗手间拧毛巾，林灿负责把人丢上床铺。

毛巾浸透温热的水，祁嘉穗拧至半干，就见林灿跑来门口。祁嘉穗看向她："怎么了？"

林灿欲言又止好一会儿。

"要不是搞钱人之间的血脉压制，我刚刚差一点儿就要'红鸾心动'了。"

听到这话，祁嘉穗指间一紧，感觉到残余的温水被挤出，洇湿她手心里的纹路。

林灿说："他刚刚忽然抓着我的手腕，模糊不清地说了一句'以后真的不骗你了'。咦，还挺'苏'的。"

祁嘉穗的嘴边挤出了一丝笑，她将毛巾塞给林灿："你帮他擦一下吧，他喝多了，脖子后面容易流汗。我，我去回个电话。"

林灿看着手里的温热毛巾，应了一声，祁嘉穗已经从她旁边匆匆走出去了。

其实没有人给她打电话，她只是不愿意继续在那样的环境里待着，就像已经脱水的蔬菜，又重新被丢进水里。

没有反应是不可能的。

可她又无比清楚，不会变成原样了。

这场婚宴留给她的最后印象，是天台的大风。

暖阳底下的大风，将裙子和头发都猎猎吹动着，仿佛是从什么老旧记忆里旷日持久地吹来，要将一切吹散。

跟这世间所有的爱与恨一样。

一样的生生不息。

婚宴后，许太太家的婴儿房图稿经由多次修改调整，终于成为现实，有了许太太最满意的呈现效果。

做着全职太太，又很难坚持一些插花品茗的爱好，除了购物美容，许太太生活的圈子非常窄，跟祁嘉穗相处下来，不止是雇佣关系，也拿祁嘉穗当私交好友，有空约着一起吃甜品。

备孕已有数月，不见起色，许太太有点儿着急。

"好像越期待就越难有似的，我上个月又去医院做了一趟检查。"

祁嘉穗安慰她，如果顺其自然，一定会如意的。

许太太不敢再喝咖啡，一切作息也朝健康靠齐。她点了点头："可能是我老公最近太忙了，他近一年都在跟 M 国那边的研究室搞合作，听他说跟国内的模式很不一样，他们搞的那个芯片、避障什么的，我都不了解。但我晓得他平时生意应酬大概是什么样的，无非是吃吃喝喝、娱乐娱乐，你好，我好，大家好。他现在这个合作伙伴，好像不怎么喜欢国内的应酬文化，事事都高标准、严要求，我感觉我老公这半年像老了三岁。"

祁嘉穗笑了笑："哪有？许先生正年轻呢。"

许太太也笑了笑调侃："不年轻喽，他都三十九了，明年就四十了，要给他过大寿喽。"

许太太比先生小十五岁，平时她很忌讳跟人提许先生的年纪，觉得别人会用异样眼光看她。老夫少妻，总是容易被诟病女图财、男图色。

许太太跟祁嘉穗聊什么都自在，聊起这一点，更是故意耸了耸肩说："本来就是啊，他跟我求婚的时候说，他大我很多，以后可能也走得比我早。但他不打算要孩子，会把所有的钱留给我，我真的觉得挺感动的，我才不管别人怎么看呢！"

祁嘉穗说："许先生对你很好，能看出来。"

许太太家的婴儿房结束之后，祁嘉穗又跟着带她的师傅做了一个新项目。不久后分公司迁址，领导问祁嘉穗的意思，跟着师傅去澜城对她之后的发展更好，之后再调回苏城一定会晋升。

但留在苏城，这边本地资源多，接项目会轻松很多。

公司给了祁嘉穗一周的考虑时间。

在这一周内，祁嘉穗接到两通很重要的电话，其中一通来自许太太。

"嘉穗，我之前跟你说过我老公的合作方，你记得吧？没想到他也在我们小区买了房，昨天我老公请他来家里吃饭，他看了我们家的婴儿房特别喜欢，说要找你给他的房子做设计，他家就在三十二栋，让我帮忙介绍一下，看你愿不愿意，你愿意吗？"

这天降好饼机不可失，带祁嘉穗的师傅几乎立马替她拍板，叫她起码做完这个项目再调去澜城。

许太太这样的人脉资源，实在是可遇不可求。

这种时候，祁嘉穗又会想起祁太太的话，说她放着好好的大小姐不当，非要出来抛头露面，累死累活，自降身价。

祁嘉穗冷笑，自己有什么身价？

工作这半年，她在工作里也没遇到什么好朋友，好像她初入职场忘了隐藏，同事都知道她挺有钱的，拼餐点外卖也从来不喊她一起。

祁嘉穗其实很期待去一个新城市再重新开始的，有种"换地图"的兴奋感，但许太太这通电话叫她狠狠犹豫了一把。

她去过许太太家很多次，非常明白她的邻居又是她老公的合作伙伴的那房子会是什么样的。

这样的项目，如果她错过了，以她现在的资历少说要再等两三年做点儿成绩出来，才能接触到同等级的。

最后，祁嘉穗还是给许太太拨去一通电话，说这个项目她接不了。

"很抱歉，许太太，我下个月初就要调去澜城，恐怕不能接你邻居的房子。如果你的邻居有需要，我可以帮忙介绍我们公司更有实力的设计师，你可以问问他那边的意向。也请帮我转达，谢谢他欣赏我的设计。"

叫祁嘉穗狠下心拒绝的，是另一通来自祁太太的电话。

她很生气，问祁嘉穗为什么放别人鸽子，这很没有礼貌。

"我并没有答应去见，你默认我一定会听话，难到这就是礼貌？爸爸生意是出了一点儿问题，你一定要用嫁女儿的这种方式来帮他吗？如果是，那么我觉得你很失策，缺乏远见，因为一个女儿根本不够。"

祁太太在电话里连名带姓喊她。

"祁嘉穗！"

祁嘉穗坦然接下，并先一步说明："是，我自私，我只考虑我自己，我对家庭毫无贡献。我还有一件更自私的事情要说，我不会在这个关口用把自己快速嫁出去的方式为爸爸分忧。我还会离开苏城，你可以停掉我的信用卡，反正我也不打算再用了，就这样。"

挂了电话，祁嘉穗将自己刚刚的决定告知领导，然后跟许太太说明情况。

月底那几天，她不再去公司，而是开始忙着搬家寄东西。

她也没有告诉身边的朋友，担心林灿她们会搞什么送别会。祁嘉穗非常不喜欢这种形式，任何的离别和割舍，于她而言，越静悄悄越好。

这世上唯有一样，爱，她曾经希望是轰轰烈烈的。

她也得到过。

祁嘉穗在澜城的新家安顿好，不久，又接到许太太的电话。

祁嘉穗帮忙介绍了一位资历深、实力强的王设计师，但是三十二栋的业主在看过王设计的往期作品后，并不满意他的设计风格。

做室内设计这行，不仅考验图纸上的功夫，也非常考验跟客户的沟通能力。本来就是未落成的理念构想，如何表述，如何让客户喜欢，是有一些沟通的技巧性存在的。

因为跟许太太关系不错，祁嘉穗问了哪方面不满意。

许太太当时陪同在旁，不过事后她也很快忘了，只说得模棱两可。

"好像是他看到我家婴儿房的时候想到了一个人，不记得了，反正不太喜欢王设计的那种风格。没找到合适的设计师，他那个房子的设计也搁置了。我老公本来还想介绍别的设计公司给他，他说不用了，随缘吧，以后遇到合适的设计师再来装。反正他也不急，那好像本来是准备当婚房的。"

祁嘉穗从业不久，没遇过这样的事，但听前辈说过。

因为婚变，人散了，好好的房子也就搁置了。

祁嘉穗感到有点儿唏嘘。

这一年，祁嘉穗搬来澜城，也是第一年没有和家人在一起过春节，她说自己工作忙。

正月里，几乎每天能收到好几个电话，问她什么时候回来，她赶着元宵节回苏城吃了一顿饭。

隔天和朋友聚餐，人都没来齐，草草欢聚，又速速散场。

她不顾祁太太的阴阳怪气和失望透顶，第三天早上应付完一场祁太太安排的相亲，下午就收拾好行李，准备回澜城继续忙自己手头的工作。

祁太太当着她的面哭。她泪流满面，捶打着心口问祁嘉穗，这些年她作为母亲是否薄待过她，短了她的吃穿用度。

祁嘉穗觉得自己应该陪着掉两滴眼泪。

以前祁太太一诉苦，她总是感同身受，甚至觉得好像她是这些痛苦的罪魁祸首，作为女儿日后一定要不顾一切地替母亲分忧，否则不能偿其深恩。

可祁嘉穗这会儿实在哭不出来。祁太太说她变了好多，她承认；祁太太说她冷心冷情，她也承认。

她递出一张银行卡，是她目前剩的一点儿工资。

没有更多了。

无论是银行卡里的钱，还是别的，都没有更多了。

年后春天，陈舒月临产，在视频里跟祁嘉穗说是一对双胞胎。

再过不久，嘉祁穗开始在朋友圈里频繁刷到这对小家伙的照片。两个小女孩儿都好可爱，白白净净。

照片里有一只男人的手，她无端来了第六感，觉得那是陈净野的。

但说不出来理由。

她好像认得他的脉络和骨骼。

同事喊她去看图纸，祁嘉穗应了一声，关了手机。

双胞胎的满月酒，祁嘉穗只送了礼，人没去，用的理由也是工作忙。

来澜城的第三年，祁嘉穗遇见一个开日料店的客户，他买了房子，同样打算装修成日式风格。

初次见面就约在他的日料店内。

祁嘉穗与他相谈甚欢，对方惊讶于祁嘉穗对日料的了解。

客人说："感觉祁设计很懂日料，待会给我们的新菜单提点意见哪。"

祁嘉穗立马说："没有，我不是个好食客，不太能品出优劣……只是以前认识一个很懂行的人。"

客人带着她参观，聊一些设计想法，其间包括他的个人喜好，祁嘉穗听得很认真。

直到她停住步子，看着墙上的一幅类似葛饰北斋笔下《神奈川冲浪里》的浮世绘木版画。

画面里，极具特色的鹰爪巨浪兜顶而来。祁嘉穗站立其前，潜意识的熟悉叫她脑海里快速闪过若干画面。她细细望着，与画中的渔民一样神色平静。

记忆里，那个初次会面的夜晚，不能付诸言语，长街的艳色霓虹招牌，隐匿于其中的男人身影。

彼时，她站在那样一幅画前，危险当头却劝自己顺应天意。

目光落及现实，祁嘉穗的嘴角轻轻扬起。

或许这世上从来没有所谓的天意，只有人的心魔。

她忽而想起那个爱新鲜的男人，一时之间有些记不清他的样子，只余下一副玉质金相的底子，仍在记忆里惝恍地留存着。

那时是第几年的夏天，她也不愿去数。

客人让后厨将所有新菜都上了一遍，从炸物到贝类，跟祁嘉穗聊日料的精细所在。

那些话换汤不换药，祁嘉穗并不陌生，因为在很久以前也听人说过。

讲究时令的食材，无非是"新鲜"两个字。

直到一盘装点精致的竹荚鱼端上来，切成小块，净润的纹理上铺着一小片柠檬。

客人如数家珍般为祁嘉穗介绍："盘底还刷了一层日式酱油，

吃起来口感层次应该会比较丰富。"

祁嘉穗顿了一秒，被对方察觉。客人经营一家店，各种食客都见过，很快从祁嘉穗的表情里发现问题，微笑着说："祁设计怕腥吗？"

"有点儿。"

"竹荚鱼还好，没那么腥。你可以试试嘛，这是我们家的招牌。"

祁嘉穗想起西海岸那家用金缮筷子作餐具的日料店，招牌之一也是竹荚鱼。这么难约的一家日料店，她去过无数次，对招牌避之不及，每一次只点一份鳗鱼拌饭。

蒋璇还曾调侃她是高级中的高级，人人都爱的好东西她不屑一顾，一碗鳗鱼拌饭平平凡凡，多有格调。

就像偶像剧里富可敌国的男主角，必然要被灰姑娘女主角大骂"你以为有钱很了不起吗"。

很了不起的。

祁嘉穗笑了笑，取了一小份竹荚鱼送进嘴里。

她形容不上来，像是一种意想不到又暌违已久的味道。

她只跟老板说："很好吃。"

天幕黑透，她出了日料店，包里放着一份刚刚签好的合同。

一些清酒的后劲儿叫她手心发热，她放弃了叫车的想法，打算走一段路，吹一吹风。

这里离澜城的商业中心很近，没走多久，祁嘉穗就看见了楼体上应接不暇的电子屏。

各色宣传片，翻着花样地用光与色抓住行人眼球。

她放空了一会儿，因为脸上有妆，所以只用掌心按了按脸颊。她的目光再抬起时，LED 的屏幕上，光影又换了一轮。

SAYA-mini 的前身是 Wing4。祁嘉穗第一次去他实验室的时候，Wing4 还是试验机，一堆 bug（故障）叫技术部的那些骨干差点儿形神俱灭，以身殉岗。她那会儿活在所谓的无忧无虑里，也很难理解别人在愁什么。

只记得他的工作室有一堆神奇的数据芯片，随便捣鼓捣鼓就能动、能出声。

有一只叫"CC"的狗，除了追着自己尾巴咬和机械性地抬臂握手，只会说生硬的"爱老虎油"（"我爱你"的英语谐音）。

祁嘉穗上班的地方离广场很近，经常能在加班的晚上看到有人用无人机告白，女同事都觉得这个形式很浪漫。

祁嘉穗却不觉得。

她挺讨厌无人机的，随便送束花也比弄这种形式好。

冷调的蓝与灰，天然有种高科技属性。广告片里，用数据与性能将科技格调展示到极致，最后一幕是 SAYA-mini 的息影。

祁嘉穗敛了敛眼皮。

你看，连科技都在进步了，人怎么还能停在原地呢？

SAYA-mini 是应用于摄影录像的多旋翼无人机，是陈净野回国头一年开展的无人机项目。

这款小型无人机从最开始的研发到问世，国内外历时四年多。里头有个特别厉害的追踪定位系统，还未面世发布时，就已经在技术领域拿了不少奖，面子里子都替他挣得盆满钵满。

靠着手里的几项独家技术，陈净野不仅在回国之初没走弯路，更是一路顺风顺水到今天，SAYA-mini终于问世。

庆功宴办得隆重，公司在苏城最繁华的金源路投放广告大片，那天晚上万竞商场附近人很多。

他应酬出来扯松领带，听腻了恭维也喝多了酒，眼花耳热。他站在潮水般的人来人往里，呆呆看着临街飞出一只红气球。

在夜幕里渐远，直到毫无踪迹。

是谁的红气球飞走了？

隔年冬天，祁嘉穗被调回苏城，拥有自己的独立办公室。她端着咖啡来公司上班，电梯里遇见实习生，对方会笑着喊她祁总监。

祁太太还是没有放弃对祁嘉穗的生活指手画脚，偶尔也会忍不住故技重施，在祁嘉穗面前诉苦掉泪，祁嘉穗能给她的，还是只有一张银行卡。

四五年来，卡里的钱翻了十数倍，但意思还是一个。

她能拿出来的就只这么多了。

偶尔得闲，祁太太安排的相亲她也会去，只是结果很难叫祁太太满意就是了。

祁太太替她掰着手指头算。

"分手都快半年了，你还想着那个日料店老板呢？等年一过，你几岁了，你自己心里没有数吗？"

认识半年，恋爱半年，分手半年，说起这段跟日料店老板的恋爱，既毫无"狗血"，也利落果决，就像两孔插头插进了三孔插座里，一察觉不对劲儿，就立马顺其自然换回了正常位置。

他们相处和谐，就是久不来电。

分手也是在那家日料店。

祁嘉穗面前同样摆一份竹荚鱼，她现在敢吃也喜欢吃日料了。

不说懂行，好歹她现在也是会看时令，能品出一点儿新鲜的人。

他说，如果他现在四十岁，可能会觉得好友式的伴侣难能可贵。可他今年才刚三十，感觉还能抓住青春的尾巴。

"你比我还小，咱们俩不能就这么互相耽搁了，再去看看花花世界吧。如果真不行，以后还是咱们俩搭伙过日子。"

祁嘉穗说"行"，也烦他了。

除了吃日料，他还有一项爱好，在一个澜城著名的越野车会里担任副会长。祁嘉穗好几回被他带到深山老林里招蚊子、沙漠荒地里喂沙子。

他乐在其中，问祁嘉穗刺激不刺激。

祁嘉穗说刺激，像跟着不负责任的老师出来春游。

见识也长了，阅历也添了，越发偏离那种甜蜜恋爱的道路。

开诚布公提到分手，祁嘉穗答应得这么爽快，彼此与其说是恋人，不如说更似好友，这会儿他反倒开始矫情。

"你也不说点儿什么挽留的话呀。"

祁嘉穗撇了撇嘴，说："那不分了，继续处，反正也挺好的，来你店里白吃白喝。"

他又受够了似的，"哎，哎，哎"叫着，说："分了吧，分了吧，各自解脱，以后还让你来白吃白喝。"

冲最后这句话，祁嘉穗点了点头。

那顿饭照常吃完，祁嘉穗硬是去结了账。他们认识的第一顿他请客，现在她回请他一次，也算有始有终。

"你是不是心里有放不下的人？"

祁嘉穗接过服务生递来的小票说："我没有，你从哪儿看出来的？"

已经成了前任的男人又开始犯矫情："反正你心里也没我。"

祁嘉穗差点儿要呕："你少来。"

"我有件事跟你说。"

"有话赶紧说，不然我出了这个门，你以后见我就要收费了。"

"别了吧，你又不缺钱，一天天的跟掉钱眼儿里似的。"

祁嘉穗说："你不懂，赚钱是将工作的快乐数字化，可能也没多少快乐了吧？但人生在世，不能空等死，总要给自己找点事做。"

祁嘉穗问："你要说的事，说不说了？"

不知道他要说什么，祁嘉穗只是看他脸上那层纠结犹豫跟刮大白似的，一层叠一层，有点儿替他急。

等把人耗到等不下去，祁嘉穗要迈腿出门，他跟上来，起了头儿。

"之前有个男人来看你了，应该是你前男友。"

祁嘉穗能和他顺其自然走到一起，主要还是因为观念相合，例如彼此都奉行前任不提，事过即翻。

所以他不知道陈净野，祁嘉穗也不清楚他的前女友。

或者说，这短短半年的恋爱，还不足以深刻到让他们将自己的过去剖白，摊到对方面前。

没有那么多的爱，就没有那么多的在意。

"什么时候？"

那次时间叫人记忆深刻，不会出错。

"就是咱们恋爱一百天，我带你出门玩，你在山里磕到脑袋那一次。"

祁嘉穗愣住。

"当时是晚上，你在输液，你记得你住的那个病房不？"

祁嘉穗点了点头，她记得。光是从山里挪到医院就受了大罪，她疼得一会儿昏一会儿醒，到医院做了清创处理，烧一直没退，需要留院观察。

当时只有八人间，这男人在她床边握着她的手发誓，以后再也不带她去那种危险的地方了。

液还没有输完，护士忽然又来通知，可以转去楼上的单人病房了。

那会儿，祁嘉穗最在意的是自己额角上缝的两针以后会不会留疤。

"那个美容医生，是你给我找的吧？"

男人一下被问心虚了，抿了抿嘴说："好像……我没找，他不请自来的。"

祁嘉穗："……"

很多蹊跷的地方，一回忆就经不住推敲。

"你当时怎么不跟我说呀？"

他也有无奈："我怎么说？人家医生挺热情的，安慰你的情绪，说小伤口缝得很好，术后简单处理就可以了，不会留疤的。我这时候上去嚷嚷，你谁呀？从哪儿蹦出来的？这不大合适吧。"

祁嘉穗："……"

祁嘉穗又问："你怎么知道是我前男友？"

"就在你病房外头，他穿着西装、白衬衫、小马甲，外套搭在臂弯里，像从什么宴会上出来似的，人五人六。我问他，你找谁呀。后头刚好有个小护士巴巴跑过来替他指路，说祁小姐就在前面那间。他谁也没理，刮了我一眼就走了。"

祁嘉穗记不起来了，因为她输的液里有安眠成分，人折腾坏了，胃口也不好，吃了点东西就睡了。

"他在外面站了很久吗？"

"这我哪儿知道，我不是在病房里头陪你吗？"

祁嘉穗也没再多问，没有必要问。

就像当初从苏城搬到澜城，她收拾自己的衣物，从一件白色大衣的外兜里翻出一样东西，一个印着温泉酒店标志的茶包袋子，小小的墨绿布料，不起眼，一打开，里头藏了一枚克拉数罕见的钻戒。

光彩照人的黄色，明净灼眼。她以前见过类似一枚，也曾经试戴过那枚不属于她的戒指。

可这一次她没有试，只是将戒指放进袋里，袋子塞回大衣里，大衣挂回柜子中。

就像什么都没发生那样。

回苏城后，她的前任积极关注她的情感动向。

新来的男实习生天天给祁嘉穗买咖啡，他说无事献殷勤非奸即盗，这小伙子是刚步入社会就不想努力了。

祁太太安排的相亲对象事业有成，年入千万，他说有钱的男人花招不会少，不许她找长得不如他帅的男人。

他的单口相声说得溜，祁嘉穗想把他拎到祁太太面前当自己的发言人，这样正月里她就不用为相亲头疼了。

曾经的三人姐妹团，只有祁嘉穗还没有"脱单"。

林灿婚期在即，陈舒月已经是两个孩子的妈。

刚回苏城，祁嘉穗就做好了再遇陈净野的心理准备，其实也没什么好准备的，她很早之前就明白"这圈子真小"的道理。

只是没有想到，乍一下听闻陈净野，是通过两个小朋友。

陈舒月生的这对双胞胎小公主，长相相近到祁嘉穗第三次见都没有分清，还是林灿教她分辨，说小的那个下巴尖一些，更男孩子气一点儿。

祁嘉穗这才分清。

这天她刚好调休，带了甜品和新玩具去看这对小朋友，保姆一开门，祁嘉穗就听到客厅传来的声音，嫩生清脆，好像是姐妹俩在吵架。

等天气再暖一点儿就是双胞胎的生日，陈舒月正为她们挑选生日宴上要穿的小裙子。

手机放在茶几上，摆了一个角度，祁嘉穗起初没注意到，只听见双胞胎争着你一句我一句又蹦又跳在喊"舅舅"。

陈舒月哄着她们："好了，舅舅要开会了。妈妈来帮你们选裙子，快跟舅舅说'拜拜'。"

两个小姑娘这时候统一战线了。

"要舅舅选嘛！"

祁嘉穗刚好走近，停在那台正在视频的手机背后。

扩音器里，也刚好出声。

"好，舅舅帮你们选，那听话一点儿，好吗？你们太闹了，舅舅耳朵疼。"

两个粉雕玉琢的小姑娘凑到手机前，嘟着嘴吹气："舅舅，呼呼就不疼了。"

陈舒月在一旁看着，满眼的母爱快溢出来了，跟祁嘉穗说："就跟我哥亲，我哥也常过来，一手抱一个，带她们下去玩。"

陈舒月说完，喊保姆把电视屏幕打开，因为两个小丫头凑在手机前一直看，对眼睛不好。

祁嘉穗回神。不知道是因为感冒了，还是因为时间过得太久了，她觉得陈净野的声音非常陌生，陌生到像她从来没有听过一样。

"我去趟洗手间。"

陈舒月点头，等祁嘉穗一走，保姆也调好了电视屏幕，她一边给两个女儿整理蓬蓬裙的纱，一边柔声教育："刚刚嘉穗阿姨来了，你们怎么都不喊人呀，就只认得舅舅是吧？这不礼貌哟，待会儿嘉穗阿姨从洗手间回来，要叫人，知道吗？"

双胞胎脆脆地应着："知道了。"

小裙子有好几套，两个保姆帮忙一套套换着。最后一套亮相的时候，祁嘉穗也没从洗手间出来，倒是双胞胎急了，催舅舅帮她们拿主意。

陈净野笑了笑，说："让舅舅想想。"

客厅的屏幕已经切回主页，双胞胎的小裙子已经挑好，在拆她带来的新玩具，见祁嘉穗从洗手间出来，很默契地一齐抬头喊"嘉穗阿姨"。

陈舒月又问她们："嘉穗阿姨给你们买了新玩具，有没有说'谢谢'呀？"

"谢谢嘉穗阿姨。"

祁嘉穗有点儿担心，她不太会给小朋友买玩具，只是看益智玩具就拿了，不知道双胞胎会不会喜欢，她凑过去想帮她们拆。

陈舒月叫她晚上留在这里吃饭，祁嘉穗没多想就答应下来。

果然，她买错年龄阶段了，这玩具适合更大一点儿的小朋友。祁嘉穗正皱眉苦恼，忽然听到陈舒月吩咐厨房阿姨的声音。

"嘉穗今晚在这儿吃，就做淮扬菜吧，我哥哥待会儿也过来一起。他现在对吃不讲究，煲一个清淡一点儿的汤吧。"

"你哥哥也来吗？"

祁嘉穗一怔，双胞胎趴在她身边问"这个玩具怎么玩呀"。

她好像遇到更棘手的问题了。

陈舒月说："嗯，他就过来吃个饭，反正离得也近，估计晚上还要去公司加班吧。"

陈净野进门时，祁嘉穗正跟陈舒月一块儿聊双胞胎的生日怎么庆祝。

保姆递上拖鞋迎他进来。

"陈先生来了。"

"嗯。"

一道中式的玄关屏风，半透光的玻璃质地，将男人的身影勾勒出来。

祁嘉穗同陈舒月一齐起身，不过几步，男人从玻璃投影移至现实之中。

对视很短。

双胞胎兴奋地从祁嘉穗身旁跑过，脆生生喊着"舅舅"，扑到陈净野的两侧膝盖上。

他弯下腰，一手一个抱起她们，与双胞胎那两张烂漫笑脸一样，对着她，露出一个祁嘉穗无法形容的浅笑。

他说："好久不见。"

祁嘉穗来不及应接，陈舒月先说了："是啊，嘉穗，你好几年没见过我哥了吧？"

祁嘉穗点了点头。

厨房阿姨做的淮扬菜很地道，祁嘉穗却有点儿食不知味。

不是不自在，而是惊讶。他跟双胞胎之间的互动，让他看起来不像是陈净野。她过分走神，好几次目光长久落在他身上。

他回看过来，祁嘉穗才将目光移开。

前年过年，祁嘉穗在电话里听陈舒月吐槽，说她妈妈有个朋友的女儿对陈净野一见钟情，不仅自己主动出击，还叫家里安排长辈式的会面相亲。

陈净野后来倒是私下约了她，跟那姑娘说，如果一定非他不可，结婚也行，但他以后一定会出轨，如果能接受，可以继续往下谈。那姑娘当场就被吓走。

陈舒月说自那以后，陈太太再也没敢给陈净野安排什么相亲，还说陈净野可以没有老婆，她却担不起失去朋友的风险。

当时祁嘉穗觉得，这浪子作风，"渣男"腔调，挺合适陈净野的，他本来就是嫌麻烦、不喜欢一个萝卜一个坑安定下来、不喜欢被人管着的人。

通过这些年零零碎碎的传闻，她所猜想的陈净野，与过去的陈净野既连接又重叠。

却不是饭桌上，祁嘉穗亲眼看到的样子。

今天限号，祁嘉穗没有开车过来。

吃完饭，暮春的夜幕已深，附近的高架上车河灯海，陈舒月自然而然地托陈净野帮忙送祁嘉穗。

这很正常，如果她推辞才会显得古怪。

一路上没人说话，直到车子停下，祁嘉穗才反应过来，她连地址都没有报，陈净野就已经将车停在她入住的小区门口。

祁嘉穗深吸了一口气，放弃最后一丝提问的念头，寻常到不能再寻常地说："谢谢你送我，麻烦你了。"

"没事。"他很配合，等祁嘉穗下了车正要关车门时，说，"今晚看你挺不自然的，下个月双胞胎过生日，如果你介意，我可以不去。舒月之前有过产后抑郁，她现在在苏城没几个朋友，不要因为我影响你们来往。"

祁嘉穗的一只手还放在车门上。

他的这段话不算太长，但重点太多。她在脑子里绕了两圈，停在了第一句。

"我今晚没有不自然。"

听到这话，车内的男人微微颔首："那抱歉，是我说话唐突。"

"没，没事，"祁嘉穗表现大度，"双胞胎生日我会去的。"

"舒月产后抑郁的事，我不知道。"

祁嘉穗的声音很低，也有些抱歉，她的确不知道。她在澜城那几年，和朋友之间只靠并不频繁的电话和视频联系，毕竟大家都有各自的工作和生活。

可每次视频，陈舒月都是搂着双胞胎的幸福妈妈样子。

陈净野声音浅淡："不知道很正常，离得太远了。"

这话意味深长。

祁嘉穗顿了一下，忽然不知道怎么接。

双胞胎的生日宴，举办地点在陈家老宅。这地方，祁嘉穗也是很多年没有来了。

上一次来还是给陈舒月婚礼当伴娘，现在她的孩子都已经会跑会跳了。

有时候觉得时间难熬，有时候又觉得三五年不过弹指一挥间。

站在后院小楼那块"熏风南来"的古意小匾下，这匾好像又旧了很多。

好不容易今天一家子爷爷、奶奶、外公、外婆、舅舅、爸爸都围着双胞胎打转，陈舒月这个当妈的可以松一口气。

她同祁嘉穗和林灿靠在栏杆上，回忆高中毕业办升学宴那天的热闹，话音似少女。

"那时候，这些人还都围着我打转呢。"

林灿接着说："好嘛！一扭头两个孩子的妈了。"

陈舒月问祁嘉穗，还记不记得那天她过来，还带了好几本少女漫画。

祁嘉穗点了点头，说记得。

就在这条木楼梯上，她捧着几本少女漫画，撞到了陈净野，书里的卡片和书签散落了一地。

或许还有什么别的也撞散了一地，这么多年才慢慢敢去拾起来。

今天陈家亲友里的同龄小朋友来了许多，热热闹闹的，满院子都是欢笑声。

祁嘉穗朝下看，看那一片越发苍郁的树荫。

陈净野站在中间，穿着一身清俊白衬衫，袖口随意折起堆在小臂，跟旁边的陆奇说话。

有小孩子疯跑经过，险些要摔，他反应很快地弯腰伸手一捞，揉了揉小朋友的脑袋，说慢点儿。

像是被漫长的岁月磨去了棱角，他再也不能和记忆里那个蓦然回首的少年重合，物是人非的感慨从没有此刻这样强烈。

可他忽然朝小楼上看来，祁嘉穗还是下意识闪避开视线。

只因无论多少年，这盛夏都是不变的，灼阳与阴翳大片交汇，还是这样刺眼。

傍晚夕照，陆奇请三位少女下楼，别在闺阁里窝着。

"小朋友已经玩起来了，大朋友也别歇着，来，快下来。"

属林灿的兴头最大，"哒哒"下楼冲在前头问有什么好玩的。

有人说玩真心话大冒险，经典项目。

陈舒月扶住额头："我都两个孩子的妈了，还玩真心话大冒险，会不会有点儿'为老不尊'哪？"

林灿说："你哥和你老公的年纪都是"3"字开头的，你这就开始说'为老不尊'，那他们算什么？"

祁嘉穗之前在澜城工作时，公司各种团建活动中没少玩过这种游戏，她很会在这样的游戏里隐匿存在感。

其他人你一轮我一轮，用真心话逼出幼稚的胜负欲，祁嘉穗一直没中招。

待保姆来通知晚饭开席前，转瓶不知道第几次轮到陈净野。

瓶口慢慢停下，慢慢指向他对面的祁嘉穗。

林灿问她："真心话还是大冒险哪？真心话必须真心哟！"

祁嘉穗想了想。

"我选大冒险。"

众人便看向陈净野，叫他想一个好玩点儿的大冒险。好事者起哄着，说祁嘉穗好不容易才中招，其他人可是初恋、初夜的糗事全被问了个底朝天，必须来个刺激的。

陈净野看向对面，静了好几秒。

这时，会客厅的门被敲响，保姆通知："晚饭好了，太太请大家去宴厅。"

晚餐照样是被这群小朋友的欢声笑语围着，除了分贝有点儿过高，也有好处，小朋友是主角的场合，免了推杯换盏的拼酒环节。

餐后女客又陪陈太太聊了一会儿天。

之后陈净野送祁嘉穗和林灿回家。林灿住在万竞广场附近，临下车前，想起上个月在国外度蜜月，给祁嘉穗带了个小礼物。

祁嘉穗站在车外，跟里面的人说："那就送到这儿吧。我跟林灿去拿东西，待会儿可以自己打车回家。"

陈净野把手指落在方向盘上，淡淡一笑："没事，我在这儿等你，刚好下车逛逛。"

祁嘉穗一愣，扭身回看，五一节办活动的缘故，不远处的万竞广场今天格外热闹，电子屏都比往常五彩缤纷。

"行吧，那我很快出来。"

"不急。"

陈净野看着她们走远的背影，也朝电子屏上看了一眼，上面正播着某个轻奢品牌的春夏新品。

他解了安全带，下车。

祁嘉穗以为下车逛逛只是说说而已，不过是为了前一句在这等她，没想到她从林灿那儿拿了东西，再回到车前，陈净野真不在车里了。

手上提着袋子，里头是一份以橡木苔为后调的香水，有着少女的名字，香调浓烈却与少女无甚关系。

祁嘉穗一边打他手机，一边往人群里找。

电话不通。

她正要发消息给他，说明情况，自己先打车回去，忽然听见有一道男声喊她的名字。

"嘉穗。"

她的手臂上勾着袋子，手里捧着手机，屏幕上是一条未发出的消息。

转过头，祁嘉穗看见了陈净野。

人来人往的广场上，他就静静地站在那儿。

祁嘉穗问："你去哪儿了？"

他说，随便逛逛，他忘带手机了。

祁嘉穗心想，怪不得刚刚电话打不通。

祁嘉穗"哦"了一声，说："那现在回去吗？"

他站在祁嘉穗面前，说："你还欠我一个大冒险。"

祁嘉穗怔了两秒，望了望四周。

许多店家在办活动，音乐灯光都很热闹，小贩穿梭在人群中，节假日的客流似一片起伏海洋。

祁嘉穗转回目光，看着他："在这里？大冒险？"

因祁嘉穗绷起来的表情，他表情越发温和，声音也轻得仿佛一阵不敢冒昧惊扰的风，穿过高楼大厦，穿过灯光霓虹，唯独在她面前像蜗牛一样慢下了速度。

"我刚刚看到那边有卖气球的，"他说，"我忘了带手机，你能帮我买一个吗？"

祁嘉穗感到有点儿莫名其妙，但是还是顺着他的指向看去。

大概离他们几十米外，有个小丑打扮的人，抓着一大束高高低低、五颜六色的气球，身边围着不少嚷嚷着要这个颜色、要那个颜色的小朋友。

"那你在这里等我一下。"

"我等你。"

祁嘉穗走向那边排队，用手机扫码付钱。小丑从一束气球中牵出一根细细的、属于她的线，递到她手心。

夜空墨蓝，万家灯火。

陈净野站在人潮里，眼底不由得浮起酸涩，静静地看着她，看着她牵一只红气球朝自己走来。

祈嘉岁

弥山亘野，
莫负
嘉岁。

故事结束了，篇幅不长，算得上速战速决。

写这个故事的期间我搬了家，去了一个全然陌生的新城市。本应该挺有诗意的，然而我在一团乱的日子里写完这个一团乱的故事。

怎么说呢，这纷纷扰扰的世间，真合衬纠缠不清的俗气。

连载时有几个晚上没有睡觉，精神高度亢奋，希望快点儿写完。我跟朋友说，越拖我就会越心软，的确有一个瞬间，我心软了，并且越想越难受。

所以惧于迟则生变，我几乎是快刀斩乱麻地定下了这个故事的结尾，可能有些地方会显得仓促，但哪有什么爱是周全的啊，本来还有些片段想写，但无论怎样，结局已定。

就这样吧。

突然想写给自己看的故事有了结局，无论写得如何，作为第一个读者，在书里、在笔下陪嘉穗做完这个糟糕美梦，我已经很满足了。

重章叠句的数万字里，一唱三叹的，不过是轻视情感的人最终陷进他曾瞧不起的情爱泥沼里；不过是沉沦者清醒，清醒者沉沦；不过是他怠慢过她的迷恋，但迷恋从未消散，最终回到他身上，成为他自缚的茧。

我以前写过类似"渣男"设定的短篇，差不多的暗恋成真，差不多的浪子回头，剧情相近，内核是"被你这样'渣'过、爱过的我，是如此特别而幸运"。

那时候我觉得，爱能弥补一切伤害。

完全不去想，比爱更重要的，是爱自己。被尊重应该是被爱的前提，甚至被尊重远比被爱更重要。感情里有很多伤害是不可逆的，有些鸿沟一旦形成，多少爱都难以弥补。

那时候我不懂这些。

"当我们自愿受束缚而向前走时，我们并不感到有束缚；但当我们开始反抗，并远离它时，我们便十分痛苦。"

第一次看到这句话时我不太能理解。后来读纪德的书再看到，我隐隐约约明白。再后来，我有写这个故事的灵感和冲动，这句话被融汇到这个故事里。

我想说的是，有些决定痛苦但正确。

我的专栏有一本暗恋文《濯枝》，女主叫孟听枝，别人问为什么会起这个名字，我说因为暗恋成真就是梦停止，所以她叫孟听枝。

这本也一样。

暗恋成真是梦停止，暗恋不顺是祈嘉岁。

女孩子们都要好好的啊。

我不太爱用"聪明"去形容女孩子，觉得太中性，缺乏情绪，是否拥有这种特质跟能不能过好一生好像关系不太大。

我更喜欢"温柔""清醒""自爱"这种词，有种力量和底气，好像无论我们有怎样的经历，无论遇见什么样的人，无论是在爱还是被爱着，我们都会越来越好的。

因为那种向上的情绪来源于我们自身，是长久安稳的。

现在我依然坚定地认为爱是很重要的东西。爱或许永远重要，但我们也并不渺小。

弥山亘野，莫负嘉岁。

图书在版编目（CIP）数据

也负嘉岁 / 咬枝绿著 . -- 南京：江苏凤凰文艺出
版社，2024.1

ISBN 978-7-5594-7882-5

Ⅰ.①也… Ⅱ.①咬… Ⅲ.①长篇小说－中国－当代
Ⅳ.① I247.5

中国国家版本馆 CIP 数据核字（2023）第 132066 号

也负嘉岁

咬枝绿　著

责任编辑	朱智贤	
特约策划	鹿玖之	
特约编辑	鹿玖之　橙　一	
封面设计	蜀　黍	
责任印制	刘　巍	
出版发行	江苏凤凰文艺出版社	
	南京市中央路 165 号，邮编：210009	
网　　址	http://www.jswenyi.com	
印　　刷	大厂回族自治县德诚印务有限公司	
开　　本	880 毫米 ×1230 毫米　1/32	
印　　张	8.5	
字　　数	180 千字	
版　　次	2024 年 1 月第 1 版	
印　　次	2024 年 1 月第 1 次印刷	
标准书号	ISBN 978-7-5594-7882-5	
定　　价	48.00 元	

江苏凤凰文艺版图书凡印刷、装订错误，可向出版社调换，联系电话 025-83280257